集英社文庫

作家の花道

室井佑月

集英社版

作家の花道◎目次

六本木野望篇（一九九七年十二月〜一九九八年六月）

栄光への序曲篇（一九九九年二月〜二〇〇〇年九月）

作家の花道

六本木野望篇

（一九九七年十二月〜一九九八年六月）

スッポンにこだわってこそ作家だ

正確にはあたしは作家ではない。まだ文章ではちっとも食べていけない。午後八時には銀座《ぎんざ》の女に変身する生活。家賃、光熱費、水道代、電話代、すべてそっちの給料で払ってる。

田舎から出てくるとき考えた。学歴もコネもなく成功するなら、スポーツ選手か芸能人か作家。玉の輿《こし》というのもあるらしいが、これは努力だけではどうにもならない気がする。だいたいあたしの本名は和田アキ子と画数が一緒だ。もう疲れた、という謎《なぞ》の言葉を残して男が去っていくこと三連発。

そういうわけで、あたしの究極は作家かなと。作家のエッセイ読んでると、有名人と遊んだだの、ハイヤーで隣の県まで帰っただの、編集者とスッポン食べただのと羨《うらや》ましすぎる。このあいだ某小説誌の編集長に、生ビールとポテトフライと若鶏の唐揚げとおでんを奢《おご》ってもらった。次はハンバーグかロールキャベツだと睨《にら》んでる。その次は中華か。次の次の次の次の次ぐらいにあんこう鍋《なべ》がきて、そのあとついにスッポンの身分になれるのだろう。あたしはあくまでスッポンにこだわりたい。ふぐではなくスッポンを選んでこそ作家だ。

そして首を隠す。冬は黒いタートルセーター。夏はスリップドレスにストール。蛋白質《たんぱくしつ》のとりすぎに注意すべし。筋肉質の女流作家はいない。かぼそいかぽっちゃりかだ。ただし足首はみな締まっている。酒は生《き》のまま。焼酎《しょうちゅう》不可。三十六回払いにしてでもエルメスのバーキンを持て。正月休みにグアムのパック旅行にいってはいけない。韓国あかすりツアーなんてもってのほか。七度や八度の失恋がなんだ。逃げた男を追いかけるな。恨みつらみは原稿にぶつけろ。死して屍《しかばね》拾う者なし。

♪ダバダ……ネスカフェ・ゴールドブレンドのハミングが聞こえる。作家・室井佑月、違いのわかる女。一九九八年、真っ赤なオープンカーで帰郷できると信じてる。

リアリティーを追求したい

主人公の彼氏のキャラクターが弱い、とまた叱《しか》られてしまった。主人公を殴ったり犯したりする脇役《わきやく》の男に関しては、リアルで気持ち悪いといつも誉《ほ》められる。これは仕方のないことだと思う。嫌いな男には、なぜ嫌いなのかはっきりした理由がある。だけど好きになる男には、理由なんて必要ないからだ。なんとなくという場合が多い。あたしはそうだ。生理的に受けつけない男というのはいるけれど、それは病的に太っているとか会話もできないぐらいバカとか妹や母親でさえも犯してしまう鬼畜人とかその程度だ。腹が少しぐらい出てようが、足し算引き算が苦手で多少借金があろうが、あたしの友達とやってしまおうが、そのぐらいの男とだったらつき合ったことがある。やっぱり、なんとなくだ。なんとなく一緒にいて、なんとなくセックスして、なんとなく恋人と呼ばれたりする。たまに、はっ、どうしてこんな男と……と酒が醒《さ》めたように思うことがある。そういう場合はたいてい相手も、はっ、とした顔であたしを見つめている。一年もつき合って、メッキの剝《は》がれまくったあたしがどんなもんか自分自身よくわかっている。小説とかドラマとかには絶対に登場しないタイプの女だろう。

日曜日に友達カップルから電話があって、飯を食いにいこうと誘われた。いま佑月のマンションの下にいるんだけど、という。パジャマからジーンズに着替えて表に出た。びっくりした。友達はフルメークでワンピースを着、彼氏はスーツ姿だった。たしか友達と彼氏は、つき合って一年にはなると思う。休日のたんびにデートするのに、わざわざ変身しあっているのか。なんか滑稽《こっけい》だ。嘘《うそ》くさい関係だ。あたしはそういうのは厭《いや》だ。許せん。小説にもリアリティーを追求していきたい。と、力一杯いったところで、どうせ書き直しは書き直しなんだろうな。

最後の最後は力で勝つ

殺したい女がいる。N松という。昔はお笑いをやってた。いまは人材派遣会社の社長だ。男がらみで絶交して三年。成功してんだから鷹揚《おうよう》にしてろよと思うんだけど、あたしが小説を書いたりしてるのがよっぽど気に入らないらしくて、共通の知人たちに、あたしがパトロンのコネで仕事を貰《もら》ってるの、3Pプレイの現場を見たのと大ボラ吹いてまわってる。パトロンがいるなら銀座に出るかい。3Pはおろか最近は2Pにもご無沙汰《ぶさた》だっつーの。でも知人たちが、それってほんとう？　とわざわざ確認してくるってことは、つまりあたしというのはあんまりシモ関係に信用を置かれていないわけで、これは哀《かな》しい。哀しみのあまりN松本人に苦情の電話を入れてしまったではないの。

ところが、「あたしがいったって証拠あんの？」とあっさり反撃されたうえ、「単純なんだよ」との捨て台詞《ぜりふ》まで頂戴《ちょうだい》した。くっそう、今度会ったら殴ってやる殴ってやる殴ってやる……と思ってるうちに少しは気が晴れた。女同士の揉《も》めごとというのはたいがい展開が陰湿で、陰口や根も葉もない噂《うわさ》による情報戦が主流を占める。銀座で、あたしが客と寝まくってるといいふらしてた女がいる。ママと飲んでるときにそのことを洩《も》らしたら、やっちゃいなよ、と笑いながらいわれた。がつんといけ、と。ママは夏目雅子《なつめまさこ》似の上品系美人なんだけど、そういう台詞がまた似合う。腕力に自信があるからこそ、いつもたおやかにしてられるのかもしれない。最後の最後は力で勝つ。それまではどこでなにをいわれてようが余裕の態度を崩さず、ふふ……そのうちな、と部屋で拳《こぶし》を鳴らすのだ。N松よ、あたしの限界も近い。とりあえず、ママがしているようなでっかい石がついた指輪を買っとこうかな。

物書きの孤独

電車の中吊《なかづ》り広告。太文字で「'98福顔の女がカッコイイ!!」。その横には超売れっ子になったあたしの、丸々とした巨大な顔が……ということはまず起こりそうもない。

顔がぱんぱんにむくんでいる。酒のせいだ。日々酒量が増してる。セックスシーン好評につき、そればっかりばんばん書いてるからだ。

田舎の人間なので、酒がなければ〝おまんこ〟という言葉にためらいを感じる。友達に「あんた、目のまわりが黒いよ」といわれてから、控えるようにしてたんだけど……年末年始、銀座のクラブは連日賑《にぎ》わっていた。誰に命令されたわけでもないのに、あたしも浮かれて飲みまくった。最近、指先が震えてマニキュアを上手に塗れない。仕事で飲むのは仕方ないとしても、仕事がない日にも気がつくと一升瓶を抱えてたりする。先日は寝酒にきゅっと一杯と思い、酒を探したが家になかった。午前四時に独り、酒を求めて六本木《ろっぽんぎ》の街を徘徊《はいかい》した。誰かあたしを止めてよ、と心の中で叫びながら。

資料としてSM雑誌をよく買ってくる。面白いけどあたしにその気《け》はないと思う。あたしは正常位にしか愛を感じない女だ。だけどこんなとき〝監禁〟という言葉がふと脳裏に浮かぶ。あたしをものすごく愛してくれる男がいて、でもその男はちょっと異常で、あたしの愛を信じられずにあたしを監禁するのだ。あたしは鎖につながれて、その男の帰りだけをひたすら待つ。入れられるのを待つ。

だけど女ひとり抱えこめるような、そんな度量のある男、いまだ会ったことがない。本と原稿に埋もれて、エアコンのリモコンが何処《どこ》にあるのかわからん。こう寒くては、ああ、また幻想に溺《おぼ》れそう。一九九八年の王子様はきっと九尾の鞭《むち》を持っている。

将来の不安

親友の麻里から結婚式の招待状が送られてきた。医者のひとり娘だ。

定職にもつかずぶらぶらしてたくせに、いつ男を見つけたんだよう、よりによって来月のあたしの誕生日に式を挙げるなよう、嫌味かよう、と怒りの電話をかけてやった。麻里はただ、ふふふ、と笑っている。よおくわかった、あたしたちの仲もこれまでよ、と捨て台詞を決め、幼なじみのOL愛子に電話した。土曜の深夜に独りで家にいるなんて、なんていいやつなんだろう。さっそく飲みにいく約束をした。

待ち合わせの場所にやってきた愛子は、カシミヤのコートを羽織り、ヴィトンのバッグを持ち、フェラガモのパンプスを履き、シャネルのイヤリングをしていた。肥《こ》えたその身体《からだ》といい、とてもゴージャスな女だ。一昨年まではこうじゃなかった。結婚資金にと安月給をやりくりしてせっせと金を貯《た》めていたが、相次ぐ同期の子の結婚退職にはじけてしまったのだった。六本木の焼き肉屋でビールジョッキを合わせた。まず、近況報告。なにげなく互いの男関係を探る。今月も安心しあった。

しかし、これでいいのだろうか。自力で焼き肉屋へ来られるようにもなったし、海外旅行へもいけるようになった。だけど、なにかが足りない。男だ。将来の不安を吹き飛ばしてくれるような男が、あたしたちの前にはいつまでたっても現れない。現れそうもない。

そこで提案した。身体が動かなくなるまで仕事して、下宿屋を経営しようと。入る学生は面接で決め、家賃滞納したやつはあたしたちと添い寝だ。あたしのこの案に愛子も賛同した。

なのに、どうして？　愛子は次の週にイタリア旅行に出かけてるの？　女同士の誓いなんてこんなもんかも。あたしのほうが最初に裏切ってやる。

パー爺さん

従姉《いとこ》の小学三年の息子が登校拒否してる。サーカスに入団させたら、とアドバイスをしたら、真面目《まじめ》に相談してるのに、と怒られてしまった。

あたしはふざけてなんかない。サーカスの花形よりかっこいい職業がある？　それ相当の訓練は必要だろう。しかしいまから入団すれば、難しいとされる猛獣使いだって夢ではない。最強の猛獣、白熊《しろくま》（なんだそうだ）だって手なずけられるかもしれない。従姉のほうがよっぽど考えが足りないね。彼女が頭を抱えている根底には、学校にいってほしいという願いより、息子がずっと家にいたら面倒だという困惑があるに違いないのだ。だからあたしは双方の幸せを願って、サーカスという結論を出した。

だいたい、いきたくもない学校にどうしていかなきゃなんないの。人生は短いんだから、好きなことだけして生きればいい、迷ってちゃダメだ。物事に順位をつけられない人間は損するよ。少なくとも異性問題はこじれるね。好きだったはずのことに飽きるって場合もあるだろう、そしたらさっさと方向を変えるか、変人になる。変人は強い。人生の進路とか、そういう深い話って白熊としかできないから、なんつったらそれはある種の天才だし、まわりはちょっと迷惑するだろうが本人は幸せなんじゃないかしら。

この間オールド・パーの誕生秘話を聞いた。ひびのような模様の入った四角い瓶のウイスキー。酒好きのパー爺《じい》さん（名前もいいなあ）が九十歳のとき作り、記念に瓶を自分の玉袋の形にしたんだそうだ。正しい変人の見本のような人だ。あたしも早く彼のような立派な変人になりたいものである。そしたら記念酒を作ろう。辛口《からくち》の酒で、あたしのおっぱい型の瓶に入ってる。

ドラマ「編集部学園」

作家の仕事について知りたい、と編集部に電話があったそうだ。あたしだって知りたい。あたしはいま三誌に短編を書き、二つの長編を進めている。七畳一間のマンションで、連日パソコンに向かっての暗い作業。できあがると担当者に持っていく。ご褒美《ほうび》は飯田橋《いいだばし》の焼き鳥屋。ビールと焼酎をしこたま飲む。

なんか、間違ってる気がしてならない。あたしの想像上の女流作家とは、赤いオープンカーに乗って、週末ごとにパーティー、たまに小林薫みたいな編集者に口説《くど》かれたり……といったものだった。

いつも思うんだけど、編集部というのは学校に似てる。校長先生のような人も、教頭先生のような人も、ちょっとオタクがかった化学教師のような人までいる。とすると、新人のあたしの役どころは影の薄い転校生なわけで、中で起こっているドラマの本筋とは関係ない。だからつまらないのかも。気障《きざ》な英語教師のような人というのも編集部のどっかに隠れてて、その人は別名色事師《いろごとし》と呼ばれてて、有名女優（作家）と絡ませると彼女がいちばん綺麗《きれい》に見える（とてもいい原稿に仕上がる）……というようなことがあったら面白いと思うけど、そんな噂はまだ耳にしてない。学年主任（編集長）が揉み消しているのかもしれない。

そんなことばかり考えているから、出版社に遊びにいくといろんな部署のことが気になって気になって。トイレにいくふりして、廊下をうろうろしているところを風紀委員の田中くん（出版担当者）に発見され叱られた。そんなことで叱らないでほしい。いまは大部屋女優だけど、小説で食べていこうって決意したときから、子役部門は卒業したんだから。キーッ、いまに見てらっしゃい。早く小林薫似の英語教師に会いたい。

強力な便秘

伸長けん引器「ガリバー号」を買おうと思ってる。これはオプションで「フラミンゴ」というO脚矯正器《きようせいき》（別料金）がついてる。「週刊現代」の広告ページで見つけた。資金調達にあたり、ゆうべ母親と喧嘩《けんか》してしまった。

ひと月で使いきらなかったお金を、次の給料日がくると母親に渡している。母親はそれを貯金している。しかし元はといえばあたしの金だ。金をくれ、といっただけなのに、電話口でおいおいと泣かれたのはなぜか。銀座の蝶《ちよう》となってからは少額ながら自分の貯金もできた。でも現在は作家に転身しようと、仕事を休んではそれを食いつぶしてる。

小説誌の原稿料は一枚たったの四千円。長編を書いて自分の本を出版しないと、まとまった金は入ってこないらしい。一冊ぶん死ぬような思いで書きあげたが、出版までには四、五カ月もかかるという。強力な便秘のようだ。すっきりしない日々がつづいてる。なのに母親までもが、結婚資金使いこんでどうすんだよ、とあたしを責める。

資金があっても年相応の美がなきゃどうにもならんでしょう。「ガリバー号」を買おうと思ったのは、座り仕事で脚が曲がってしまったからだ。不規則な暮らしに、ストレスを紛らわせるための酒、煙草《タバコ》、過食。最近じゃあ腹のあたりにすっかり変な肉がついてしまった。

二十代女性のストレスによる肉体と精神の変化、という出版界ぐるみの秘密実験の、あたしはモルモットに選ばれたのかもしれないな。そのうち「AERA」か「壮快」に、あたしの写真と短編が症例報告として載るんじゃないの。それも一枚四千円だったりして。

いまふと思ったけど、もう「ガリバー号」の名前を二回も宣伝してる。あ、三回。ひょっとして値引きしてくれるかも。

「噂の真相」初登場

祝「噂の真相」初登場。田舎から出てきて六年、あたしも出世したもんだ。そんなに室井の真相が気になるなら、直接なんでも訊《き》いてくれ。

あたしは毎朝六時二十分、喉《のど》の渇きに目を覚まし、なぜか「やじうまワイド」を観《み》てしまう。トイレに入って、朝風呂《あさぶろ》を浴びて、マンションの二階の喫茶店で五百五十円のモーニングを食べる。また寝る。午後四時頃、銀座のボーイに電話で起こされる。同伴出勤の日は客と高い飯を食らってからクラブへ。そうでない日は近所の中華屋にいく。半チャーハン半ラーメンに餃子《ぎょうざ》の定食であることが多い。前日の酒が残っててあんまりだるいと仕事は休むが、酒はやっぱり飲んでしまう。深夜まで飲みつづける。泥酔しながら村上龍《むらかみりゅう》を思ってオナニーして、就寝。そういう生活がつくづく厭になってるというのもまた真相。体調が悪いのは酒のせいばかりじゃない。ふと気がついたらこの一年、あたしは窓を開けてない。障害物が多くて窓に触れられない。片づけ場所のない本や雑誌がいたるところに散乱して、最近じゃあ絨毯《じゅうたん》の色が思い出せない。この部屋の長所といったら、テレビに埃《ほこり》の紗《しゃ》がかかって目に優しいってことくらいか。

三月からはクラブを長欠する（原稿がひと月遅れている）ので、その機にもう少し広い部屋に越し、生活も変えようと思う。あたしが理想とする生活は、朝八時起床、スポーツジムで軽く汗を流し、食事は高級スーパーの厳選食材を使った手料理、午後は図書館で資料を眺め、家に帰ればマシンガンのようにワープロを打つ。たまには男とデートをし、健康的なセックスを楽しむ。家相が変われば生活はおのずと変わるわけだが、とりあえずネタも今夜から森本レオに変えてみる。

憧れの作家

憧《あこが》れの人、村上龍さんにお会いした。午前零時。あたしと知人とが待ち合わせをした六本木の某文壇系バーに、龍さんは「読売文学賞」受賞の打ち上げのため見えていた。あたしも一応作家らしきものであるってことで彼に紹介してもらい、すっかり舞いあがってしまったのを憶《おぼ》えている。

彼に会いたくて作家を目指したといっても過言ではない。長年、あたしにとって最高のスペクタクル・ロマンは彼の愛人になることだった。彼の新作のヒロインのモデルはあたしよ、と友達に自慢こいてみたかった。女に生まれて、村上龍の小説のモデルになるより名誉なことってあるだろうか？　彼が缶詰になっているホテルも調査済みだ。いずれかっこいい女流作家になって、そのホテルのバーで劇的な出会いをする予定でいた。そのときの会話も頭に入れていたし、着る洋服のイメージも決めていた。

なのに、どうして？ こんな出会いをしてしまうの？

あたしは銀座のクラブの帰りで、すでにしこたま酔っぱらっていた。たぶん化粧ははげはげだったろう。ざんばら髪を振り乱しながら、いかに自分が龍さんを熱愛しているかを勝手にしゃべりまくり、無理矢理《むりやり》その手を握って悦《えつ》に入ってたという。友人によれば、龍さんはうっとりとではなくて気持ち悪そうにあたしを見つめていたらしい。そこまでは憶えていない。

翌朝、あたしは友達に電話した。

「あたし、生きてていいですか？」

「死ねば」と友達。

しばらくベッドの上でうずくまっていたが、生理現象には勝てない。トイレにいった。

気がつくと枕元《まくらもと》にキムチの空瓶が転がってた。酔っぱらって食ったのかもしれなかった。

なんだか、お尻《しり》も心もひりひり痛むの。ほんとにあたし、生きてていいですか？

クラブ閉鎖

「来月から長欠をいただきたいんですが」

クラブであたしの担当をしている黒服に叱られるのを覚悟で訊《たず》ねた。いつもは小舅《こじゅうと》のようにうるさい男なのだが、

「いいよ。小説がんばんなよ」といつになく優しい。そのとき気づくべきだった。

がびーん。クラブ〝エルザ〟が今月をもって閉店してしまうことを、休みがちだったあたしは知らなかったのだ。その日も勤務態度のことで黒服から注意を受けるたび、鼻をふくらませ「今月いっぱいで辞めてやる。理由はあんただから」と逆ギレしていた。まわりの女の子たちは、あたしのことをほんとうのバカと思ったに違いない。

バカと思われたって痛くも痒《かゆ》くもないが、問題はこれからの生活だ。格下の店に移って一から出直す根性などないし、同格の高級店はどこも雲行きがあやしい気がして怖い。銀

座の時代は終わった。

そうだ、小林まことに一言文句をいわなければ。銀座に入ったのは彼の漫画の『へば！ハローちゃん』を読んだからだった。『へば！ハローちゃん』のハローちゃんは、大企業の御曹司《おんぞうし》や野球選手にプロポーズされまくってたのに、あたしには酒の染みがついたドレスしか残ってないよ。『1・2の三四郎』でプロレスラーに目覚めるべきだった。『1・2の三四郎2』をとっとと発売しなかったのが悪い。いたいけな北国の美少女の人生を、彼の遅筆は狂わせた。はあ。

とため息をつくと同時にチャイムが鳴った。前々々回で書いた、画期的伸長けん引器「ガリバー号」が送られてきたのである。O脚矯正器「フラミンゴ」のオプション付きで。引っ越しもなにも失業が確定してしまったあたしの部屋に、なんと巨大な箱であろうか。しかしあたしはこれ、買ってはいないのだ。というのも……つづきは次回。

二十六歳の誕生日

クラブ閉鎖に伴い、あたしの半失業は決定。まだ小説が残ってるけど、もう銀座の蝶ではないの。

時を同じくして、わが家に画期的伸長けん引器「ガリバー号」がやってきた。販売元に「雑誌に名前を書いたんだから、値引きしてください」という電話をかけたところ、な、なんとプレゼントしてくれたのだった。太っ腹な会社だ。翌日、お礼の電話をかけた。

「綺麗になって、大物になりますから。見ててください」

「え、作家じゃないんでしたっけ?」

あ、そうそう。忘れるとこだった。それからは毎日、「ガリバー」に乗っかってる(きゃあ、なんかエッチね)。友達をつかまえては、どっか変わった? と脚を組んでポーズをとっているのだが、まだ誰も気づいてくんない。

クラブの閉店日は奇《く》しくもあたしの誕生日だった。もちろんミニ丈のドレスを着て出勤。ありがとう、「ガリバー号」。胡蝶蘭《こちょうらん》の巨大な盛り花が、あたしの名前でたくさん届いていた。そこらへんのアイドルより人気あんじゃん。「幸せになります」と引退コンサートの百恵ちゃんのように微笑《ほほえ》むあたしは、とても綺麗だったに違いない。

閉店後、花をタクシーに積んで自宅に運んだ。運転手にはじめてチップというものを渡したら、マンションの部屋まで花を運ぶのを手伝ってくれた。いい人だ。

部屋には母親がいた。ベッドで眠っていた。花に埋もれて帰宅するから分けてあげる、といってあったのだ。いつもなら起こして布団の横に入るのだが、その夜はそのまま寝かせておいた。「ガリバー号」のまわりを花籠《はなかご》で飾って、毛布をかぶって横になる。その夜の夢は……憶えていない。朝起きたら身体のあちこちが痛かったけど、なんだかとっても幸せだから我慢するの。うふ。

巣鴨の占い師

「六本木に引っ越せば、いいことが待っている」と三年前、あたしに教えてくれた巣鴨《すがも》の占い師が殺された。

仕事場の部屋で頸動脈《けいどうみゃく》を切られて、風呂場に捨てられていたそうだ。犯人はまだ捕まってない。また引っ越ししようかどうしようか迷って、あのジジイに訊きにいくか、と思っていたところだった。

そういえば、六本木に越して半年ぐらいからほんとうにいいことばかり重なったので、お礼にいってあたしの名前と住所を置いてきたような気がする。犯人がその紙を持ち出していて、「畜生。ふられた女と同姓同名だぜ」とかいう偶然の一致、なきにしもあらずだ。学校の授業ではいちばん先にあてられることが多かったし、〝黒ひげ危機一髪〟なんて運だけのゲームで負けつづけてお年玉をまきあげられたこともある。怖い。

眠れそうもなかったので、友達を誘って飲みにいった。殺人のことは忘れ、鼻歌をうたいながら帰宅。トイレにいきたかったので、急いで鍵《かぎ》を開けようとした。開かなかった。あたしは乱視なので、こういうことはよくある。鍵穴じゃないとこにあててるのかな、と思った。しかし、ドアスコープから誰かに覗《のぞ》かれている気がするのだ。ひっ、と声を上げたら少しちびってしまった。

気力で尿意を止め、震える声で訊ねた。「誰？」。部屋の中の人間は怯《おび》えたような声で「あなたこそ」。部屋の番号を見た。階数を間違っていたようだ。どこに住んでるのかばれるのが厭だったのでエレベーターで最上階までいき、階段を使って自室にたどりついた。トイレに駆けこんだ。生理中だったのでナプキンを股間《こかん》にあててた。

爺さんが「あんたはピンチに強い」といってたのを思い出した。こんなに当たるのに自分のことはわからなかったのかな。爺さんが天国へいけますように。

小説に操を立てる

月刊誌の締め切りが迫っている。三日も風呂に入ってない。外食ばかりしてるので、おでこにニキビが三つできてる。

こういうときに限って不意に友達が部屋を訪れる。新婚旅行（ハワイ）帰りの麻里だ。式も向こうで挙げてきた。性欲が満たされているからか、つるんとした肌をしてる。悔しい。やるせない。しかし土産にGショックのニューモデルを貰った手前もあり、彼女が持参した写真をめくりながら、しばらくのろけ話に耳を傾ける。

ドレス姿の彼女とタキシードを着た新郎が、ブロマイドのように微笑んでいる。麻里は楳図《うめず》かずおの描く美少女のような顔立ちだから、ドレスがよく似合う。一方新郎のケンちゃんは、目も鼻も口も三角刀で彫ったような水木しげる系の男だ。白いタキシードに金色のベストはないだろう。抜けるような青空の下ならそれなりにさまになっていたかもしれないが、気候風土抜きで金ベスト姿を見せられても「新春スター隠し芸大会」の楽屋スナップにしか見えない。

麻里が帰ったあとも、パソコンの前でひたすら仕事。某小説誌の編集長が「三十五歳まで小説に操を立てつづけたら、独身社員をひとり贈呈する」といっていた。しかし冷静に考えてみたら、その頃編集長はとっくに定年になっているではないか。来週の麻里の結婚披露宴には、独身男が二十四人も来るという。

「えー本日はお日柄もよく……」と鏡の前でスピーチの練習をしてみた。どうしてもケンちゃんの名前をキンちゃんと間違えてしまう。

話は変わるが、たったいま飯を食いにいく途中で面白いものを見た。バナナの皮で滑って転んだ男。男が去っていった後、現場にいって確認したから間違いない。路上にあったのは、たしかにバナナの皮だった。

初インタビュー

インタビューを受けた。「チャレンジ公募」。どんなことを訊かれるか予習をしていったのだが山が外れてしまった。

作家って作品とともに、本人のイメージも大切だと思うの。夢を売る仕事なんだから。理想は、美人で才能があってロダンの愛人だったカミーユ・クローデル。でも本のカバーの装丁の撮影が来週にあって、いま髪が真っ赤なの。ちょっと違うかなって思ったけど、だからこそインタビューは大事じゃない？　賢さを全面的にアピールしたいとこよ。

待ち合わせには編集長が来てた。まず、彼のもじゃった頭に驚いてしまった。松田優作カット（髪型だけ）。負けたよ。彼はチキン・ジョージのようにきれいな瞳《ひとみ》であたしを見据え、ビシバシと難しい質問をぶつけてくるの。考えながら、「あー」とか「うー」とか歯切れ悪く答えた。

インタビューが終わってから、「いしだ壱成《いっせい》に似てますね」といわれた。「それって『聖者の行進』の？」って訊きたかったけど、黙っておいた。カミーユは無理なのかもしれない。あたしって、もっとアイドル系だから。だったら世界のアイドル〝マリリン〟かな。これなら平気。きみはモンローに似てる、とラヴレターを貰ったことがあるし（嘘じゃないよ）。よく〝あき竹城〟のようなオバサンになるっていわれるの。あき竹城って無邪気で可愛《かわい》くて和製モンローじゃん。知ってた？　あたしがいま決めたんだけど。あたしは好きよ、あき。たまに本名（ダサイ）で呼ばれるとテーブルをひっくり返してしまうけど、あきって呼ばれるならいいな。

いつかマスコミの仕事がなくなったら、場末の酒場に勤めながら、寂しく歳《とし》をとっていくの。古い「チャレンジ公募」を宝物にして。あたしの名はあき。

厳寒のカバー撮影

おととい撮影にいってきた。六月（一九九八年）に発売される『熱帯植物園』という本のカバーの美少女は、なにを隠そうあたし自身なの。いい小説が書けるうえに若くて美しいときたら、パーフェクトすぎてちょっと嫌味じゃん。内緒にしとこうと思ったけど、読者のみなさんにだけは教えてあげる。

四月とは思えない厳寒の日の午前三時、ロケバスが到着したのは夢の島。あたしの衣装はぺらぺらなスリップドレス一枚。線が出るからといわれてパンツも脱がされた。寒いのなんのって。身体中の毛という毛が逆立ったよ。陰毛なんて臍《へそ》に向かって固まってた。家から焼酎を持ってってよかった。仕事場に酒を持ちこんだあたしをみんなは責めたけど、けっきょくみんなも飲んでたじゃん。

できあがったポラ写真を見たら、主役は完全に夢の島の風景だった。中に小さく写ったスリップ姿の女なんて、ほんとは誰でもよかったんじゃないの？　モデルを雇う費用をケチられたのかもしれない。

撮影が終わるころには寒さで思考も停止ぎみ。なにか温かいものでも、と編集者Tがいうものの、まだ午前中だよ。凍死しかけの人間に牛丼《ぎゅうどん》食わせようってんじゃねえだろうな、というわけで葛西《かさい》の健康ランドに連れてってもらう。お湯に浸《つ》かると爪先《つまさき》がじんじんと痺《しび》れて痛かった。霜焼けだ。

風呂のあと、宴会場で昼飯をとりながら装丁について協議してたら、見知らぬジジイとババアがステージに上がって「銀恋」を歌いはじめた。うるせえ。ちょっとあたしが歌ってくる、と立ち上がってまた叱られる。

きっとみんな、疲れてたのね。寒さは人の体力と一緒に優しさも消耗させるのね。エイプリルフールの夢の島と葛西はささくれていた。次作は『憧れのハワイ航路』にする。

愛と夢の戦士

お笑いをやってる友達の〝のりまん〟(「ボキャブラ天国」にも出ていた「UBU」というグループにいたの。知ってる?)が劇団を旗揚げしたので観にいってきた。

彼女はビキニで舞台を駆けまわっていた。フェラだのチンポだの松崎しげるだのと叫びながら。彼女はお笑いを愛してる。笑いをとるためなら、みんなのまえで、屁《へ》ぐらいこく。

素《す》の彼女は、田舎で真っ直ぐに育ってきた、陸奥A子の漫画に出てくるような女だ。一升瓶をらっぱ飲みしていそうだが、下戸《げこ》ときてる。笑いの世界に入らなければ、独身の金持ち男のひとりぐらいはつかまえられただろう。そのぐらいルックスだっていい。なのに努力と情熱によって、〝下品〟という技術を習得したのだった。彼女を見ていると、あたしもがんばらなきゃな、という気分になる。反省……と体育座りをした。

ふと、踵《かかと》に醜いタコができていることに気づいた。老化したかさついた肌。いつか全身にも広がってゆくのだろうか。怖い。いつものあたしなら片っ端から友達に電話をして泣いて騒ぐが、オロナイン軟膏《なんこう》を塗ってほっといた。

これでいい。あたしの小説はたくさんの人を泣かせるかもしれないが、あたしのタコではあたししか泣かない。小さいことだ。

スーパーにいってカレーの材料を買ってきた。鍋いっぱいに作る。今日も明日も明後日《あさって》も外出せず、三食好物のカレーを食べながら書きかけの原稿と戦うつもりだ。愛と夢の戦士に休息はない。

カレーがことのほかいい味になった。冷蔵庫の隅でガビガビになったチーズを自分のタコに見立てて鍋に放りこんだのがよかったのかもしれない。のりまんを呼ぶか、と思った(ご近所さんなの)。愛と夢の戦士二号はきっと「ウキー」と喜んでくれるだろう。

涙とダンベル

久しぶりに泣いてしまった。いま、今年（一九九八年）の暮れから連載する予定の二作めの長編『ドラゴンフライ』を書いている。半分フィクション。赤裸々《せきらら》な実話小説のつもりで書きはじめたのだが、ついつい自分に都合のいいように過去を改ざんしてしまう。

泣いたのは昔の男を思い出したからではない。二十歳の頃の自分に対するはがゆさにだ。がんばればがんばるほど男とすれ違ってしまう。勝ち負けに異常にこだわるあたしは、恋愛という勝負にも真剣そのものだった。ほかのなにも目に入らなくなってしまう。そういうところはいまでもあまり変わりがないが、ずいぶん要領はよくなった。全部かゼロしかないと思っていたあの頃は、まわりとぶつかってばかりいた。しかしなぜだかあの頃のあたしが、いまはせつないほど可愛く思える。

しんみりした気分になったときはＯＬの愛子だ。電話した。「何時だと思ってんのよ」

と怒鳴られた。午前一時だよ。普通じゃん。キレようかと思ったが、あたしのこの気持ちがわかるのは青春時代をともに過ごした彼女しかいない。謝りながら話した。

「それがなんだっていうのよ」と彼女。

「男に突っ走らなくなったのは、歳くって体力がなくなったからだよ」

早々に通話を切られた。愛子は超悪役として『ドラゴンフライ』に登場してもらうことにする。

ところで、このところ執筆に熱中しすぎたのか、肩が凝って痛い。マッサージ師の桑田さんでも呼ぶか。桑田スペシャル（企業秘密で話してはいけない）を肩胛骨《けんこうこつ》あたりにきゅーっと……と思ったところで首を振った。ババアの思考だ。ちょっと運動不足なだけに違いない。二の腕のたるみ防止に買ったダンベルを何度か上げ下げしてみた。すぐに放り捨てた。こんな夜中に莫迦《ばか》じゃないの、あたし。

作家のバーゲン・スタイル

女はなぜバーゲンに燃えるのか？　なぜＳＡＬＥという赤い文字に無条件に引き寄せられてしまうのか？

その答えを求めて、春夏もののバーゲンセールに出かけたあたしなのである。パートナーは新妻・麻里。向かうは〝六本木ラフォーレ〟。間もなく処女長編『熱帯植物園』を上《じょう》梓《し》し、名実ともに作家となるあたしであるから、今回はバーゲンでのスタイルにもこだわってみた。

たとえ徒歩でいける距離でも、会場にはタクシーで乗りつける。目的が金の節約ではなく、バーゲンセール道の追究であることを自己確認するため、あえてタクシー代を払うのだ。

タクシーの中でシガリロを片手に構想を練る。（予算）－（タクシー代）×２で、バーゲンセール・ワンダーランドを構築せねばならないのだ。あたかも完璧《かんぺき》な短編小説をものすに等しい、芸術的苦悩のひとときである。

芸術とはいえ、小説を書くには体力も必要である。バーゲンセールもまたしかり。タクシーを降りたら、そこからは『筋肉番付』の世界である。押せ！　倒せ！　奪え！

背後に邪悪な視線を感じて振りかえると、そこには〝座敷女〟(by望月嶺太郎)が。ラフォーレ特製バーゲン袋に女が突っこもうとしているジャケットを見て、あたしゃ唖然《あぜん》としたね。なんであたしがつかんでるスーツの上半身だけ持っていくわけ、この女？　いったいいつの間に盗んだんだ。スーツの下半身だけなどいるかよ。

ワゴンの中にイカしたカーディガンを見つけた。片袖《かたそで》を握っている座敷女が釣れた。なんなの。わざと？

家に帰って買い物袋を開けた。一枚だけ似合わないものがあったが、まあまあの収穫であった。意地を張ってあのパンツを買わなくてよかった、と思ったらそのパンツを麻里が買っていた。チャンチャン。

女、女、おっさん

ゴールデン・ウィークってなに？　スカトロマニアの祭り期間？　ふん、ほんとうは知ってるよ。男女で近場の温泉旅行にいく、中途半端で貧乏くさい国民の休日でしょ。あたしだって忙しかったよ。美容師のチカさんと飯食いにいって、銀座のねえさんの直美さんと飲みにいって、とどめは某小説誌の編集長と仕事。女、女、おっさん。新しい出会いに期待したいとこだけど、あたしの住んでる六本木なんて、ラーメン屋しか開いてないじゃないの。仕方ないから昼は毎日そこで食べたよ。味噌《みそ》、味噌、醬油《しょうゆ》。三日めにはチャーシューが三枚はいってた。カウンター越しにおやじに会釈したら、ふっ、って微笑んでやんの。なに？　ふっ、ってなによ。同情なんかするな。けど、べつにいいや。みんなファミレスの飯のような恋愛してればいいよ。あたしなんて宇宙について考えてたもんね。といっても、樹《いつき》なつみの『獣王星』の三巻と、平川陽一の『宇宙人の謎』買ってきて読んだだけだけど。知ってる？　アメリカのライトパターソン基地に、墜落したUFOと宇宙人の死体隠してあるんだよ。古代インド人は宇宙人とのハーフなんだよ。金星人って、ロン毛のそりゃあいい男らしいよ。ジョージ・アダムスキーっていうおやじが会ったんだって。そんな宇宙人ならあたしもさらわれてみたいものだ。なにも牛と馬の次におやじさらわなくてもいいのに。

でもまあ、あたしのまわりには地球人しかいないし、淡谷のり子の美容ローラーで顔を擦《こす》って寝ることにする。ノルマ、右頰《みぎほお》、左頰、三十回。腕を動かすたび、「味噌、味噌、醬油」「女、女、おっさん」「牛、馬、おやじ」と頭の中で自然にかけ声がかかる。あー、うっとうしい。やってらんねえ。

ストーリー着想法

「ストーリーはどうやって考えているのですか？」という電話が編集部にかかってきたそうだ。回答しよう。布団の中で、もぞもぞと考えます。

次の質問にいってみよう！

「どうして嫁はあたしに一度もご飯を食べさせてくれないのですか？」（無職／七十八歳）

よく思い出してください。なんで飯食っていない人がはがきをポストに投函《とうかん》できるの。

「赤いパンツは本当に暖まるんですか？」（建築業／五十歳）

暖まります。あたしは愛用してます。

「去年の夏、兄の海パンを借りてから股間が痒いのですが」（高校生／十七歳）

インキンです。

「そうやって遊んで質問をかわしたつもり？」（担当編集者／三十歳）

その通り。

お願いだから、ストーリーの着想法なんて難しい質問をあたしにしないでくれ。馬鹿がばれると仕事がなくなるから。でもせっかくだから、今日あたしが拾ったネタを教えてあげる。場所は六本木の〝あおい書店〟のアート・コーナー。写真集にペニスをのっけている男に遭遇した。黒っぽいページだったので、色、艶《つや》、傘の張りまではっきりとわかった。面白いから小説の棚にいた友達を呼んだのだが、残念、男はズボンのチャックをすでに閉じていた。どっからみても普通の男だった。友達は幻を見たのではないかという。

そこで考えた。生理があがってウン十年の婆《ばばあ》が、ペニスの幻を見るという話はどうだろうか。徐々《じょじょ》に幻がはっきりしてゆき、やがて妖精《ようせい》が現れてセックスしてくれる。妖精は婆の涙に触れて、その姿をバイブに変える。婆はそれを仏壇に飾り、辛《つら》いことと哀しいことがあると変な方法で報告する。タイトル『小さな奇跡』。三十枚ぐらいの短編にまとめるといいと思う。電話をくれたきみに、このストーリーを贈呈しよう。

はじめての印税

金の使いみちに悩んでいる。

六月二十二日（一九九八年）にあたしの本が刊行される。初版しか売れなくても、百万円は懐に入ってくる計算だ。銀座の給料だって、いちばん多いときで六十五万ぐらいだった。はじめて手にする大金だ。

細木数子の占いによると、あたしは金の流れを止めると運も落ちるらしい。好きな眞露《じんろ》を一ダース買ったって、一万円も使えやしない。

記念に宝石でも買うか、と思った。銀座のママがしてたようなでっかい石がついた指輪をあたしもしたい。宝石店をまわった。百万では買えないことがわかった。しかし目が肥えてしまってるので、鼻糞《はなくそ》みたいな石っころのものは買う気になれない。

歩き疲れて表参道《おもてさんどう》でお茶を飲んだ。犬を連れた姉ちゃんが得意顔で歩道を闊歩《かっぽ》していた。かっこいいじゃない。そういえば『青山通りの犬たち』という本を持っているのだ。家に帰って読みながら、犬を連れて青山通りを闊歩する自分を想像した。

あたしに似合うのは、大きくて強そうな犬だ。チワワとかヨークシャーテリアといった、猫の前でおしっこ漏《も》らしそうな犬ではない。ドーベルマンがいいと思った。いつもあたしの脇にボディガードのように寄り添っている。いいなあ。『世界人名辞典』を開き、犬の名前を考える。偉大な王様の名前をいくつか紙に書き出した。姓名判断の本も参考にする。と、そのとき電話が鳴った。某出版社のOさんからだった。Oさんは美人作家のKさんと噂になったこともある、かっちょいい編集者だ。

「ずっと電話してたんですけどね」。乾いた笑い声が不気味だった。二カ月ぐらい原稿が遅れているのだ。

「がんばってます」と答えて電話を切った。また犬の本を開いた。Oさんがあたしに寄り添っていてくれるわけでもあるまいし。

出版記念パーティー構想

ドーベルマンを買う夢は、早くも断念した。よく考えたらペット禁止のマンションに住んでいた。引っ越しに金を使うと、犬を買う金がなくなる。初版印税百万円が懐に入ると浮かれていたが、小娘の夢のひとつも叶《かな》えられないなんて、百万の威力はその程度のものなのかと哀しくなった。とにかく派手に使いたい。

ならば出版記念パーティーを開こう、と思った。貧乏時代に世話になった人たちに、立派に成長したあたしの姿を見せたい。いばりたい。せっかくバンドを作ったのに、ぜんぜん活動してないから、お披露目《ひろめ》もかねればいい。

考えながら、某パーティーに出席する。つまんなかった。あたしならもっと面白いパーティーにできるのに。

あたしのバンドだけでは時間が持たないので（オリジナル一曲）、ミステリー作家の綾《あや》辻行人《つじゆきと》さんと小説の師匠の津原泰水《やすみ》さんのバンドにも出演してもらおうと思った。電話をした。気軽にOKしてくれた。調子に乗って、作家で女優もしている小川美那子さんにも電話をした。来てくれるらしい。

有名人も集めたし、きっと盛大なパーティーになるだろう。そしてあたしはドレスを着るのだ。金はある。ドレスはオーダーしよう。「FASHION NEWS」を買ってきた。なにしろ主役だ。レースのびらびらついたゴージャスなドレスの気分だ。

しかし、あたしには似合いそうもない。シンプルなやつのほうが似合うのだ。パーティーの招待状には平服着用と書いて、みんなを出し抜くしかない。

パーティーで、歌人の枡野《ますの》浩一さんと劇作家の可能涼介さんと友達になった。枡野さんにならって、ここで一首、

「百万で　あと一年は過ごしたい　一日あたり　二千円強」

枡野評「最後の一言が泣かせます——40点」

祝！　処女本発売

「六本木野望篇」も終わりに近づいたのでとっておきの情報を提供しよう。

先週、映画『タイタニック』を観てきた。ディカプリオがちょっとおじんくさくなってたけど、それなりに感動して泣いた。六本木の〝ろくべえ〟でお好み焼きを食べた。美味《おい》しかった。赤坂《あかさか》のクイックマッサージにいった。思わず喘《あえ》いでしまうほど気持ちよかった。

映画の料金は千八百円。お好み焼きはトッピングにそばとマヨネーズをつけて千五百円。マッサージは二十分揉んでもらって千六百円。いずれも安いとも高いとも思わなかった。

しかし千四百円出して、それら以上の、溢《あふ》れんばかりの感動が手に入る。いよいよあたしの処女本『熱帯植物園』が発売されるのだ。

悶絶《もんぜつ》女子高生、お姉さまとのいけない放課後、笑いあり涙ありレイプあり。買って面白くなければ、送り返してくれてもいい。七割で引き取ることも考えておく。どこかであたしを見つけて本を持っていたら、あっと驚くスーパープレゼント贈呈。社長と呼ばれる人はノルマ三冊。貧乏人はふたりで一冊。バーコード部分を切り抜いて送れ。抽選で一名さまにカバー撮影時に穿《は》いていたパンツプレゼント。

……ひとりでも多くの人に読んでもらえると嬉《うれ》しいので、すげえがんばってみました。みっともないと思わないどくれ。本を出しても読んでくれる人がいなければ、作家ではないの。ニキビ面のせんずり小僧と一緒だ。

発売翌日から二週間かけて、版元の営業マンと一緒に東京中の本屋を宣伝しながらまわる予定。ノリは売れない演歌歌手に近い。テープと幟《のぼり》とお立ち台持参して店頭で一曲、握手会してまた一曲。二十歳過ぎてても振り袖着用が望ましい。いっちょうあたしもやる気を見せて振り袖でも着るか。

栄光への序曲篇

（一九九九年二月～二〇〇〇年九月）

作家・生態系ピラミッド

室井佑月というペンネームで小説を書きはじめて一年半、二冊の本（『熱帯植物園』『血《あか》い花』）を上梓《じょうし》し、ようやく職業欄に小説家と書けるようになった。

めでたい、としばらくは酒ばかり飲んで浮かれていたが、喜んでばかりはいられん。次から次へとあたしの居場所をおびやかす新人作家がデビューするし、なにしろこの不況だ。どこぞの出版社が危ないという噂《うわさ》も耳にする。

いまのところ「作家・生態系ピラミッド」の、あたしは底辺のミジンコにすぎない。「出版する本を減らさなきゃな」などと編集者がつぶやくのを聞くと、「あたしなんかどうなるの？」と叫びたくなる。ミジンコに明日はない。

あたしもミジンコよりは進化したいものだ。花粉症になればハワイに逃避し、週末には冷蔵庫にドンペリを満載したクルーザーに乗り、芸能人の友達と夜ごと六本木《ろっぽんぎ》にくり出し、及川光博と恋に落ち、交際宣言をかまし、しかしミッチーを裏切ってパーティーで出逢《であ》った有名作家とお忍び旅行を経験し、といった人生をどうせなら目指したい。

最近、家賃八万五千円のマンションから、家賃十四万五千円のマンションに引っ越した。週刊誌などの取材が家に来ることが多く、見栄《みえ》もあって「これではいかん」と思った。ローマは一日にして成らず。ならば、目標に近い環境作りからまずはじめようと考えた。以前のマンションは七畳のワンルームだった。ベッドと机と卓袱台《ちゃぶだい》を置いた床の隙間《すきま》に洋服や本が積み重なっていて、その山を踏んで移動していた。家庭内サバイバル状態。たまに本の間から腐ったみかんが出てきたり、一日のうちの最低三時間はなにか探し物をしているという状態だった。冒険小説やハードボイルドを書いているならそれもありだが、お声がかかる小説誌をめくると、「エロスの特集」「性の特集」「禁断の愛特集」「異常な愛特集」なんてことばかり、でかい活字で書いてある。

エロスというのは、日常からいかに脱出するかが大事なのだと思う。蛙《かえる》みたいな格好をして、グロテスクな部分を見せあって、しかしそれらをロマンとか愛とかもっともらしい言葉で固めるのが恋愛小説家の使命なのである。朝食に納豆と鯵《あじ》の干物を食い、就寝前にサラリンソフトを飲む。鯵の開きは大好物だし、便秘症のあたしはサラリンソフトがないと生きていけん。たしかにそれらは大切なものだが、それればかりでは「異常な愛」なんて書けるわけがない。作家ちゅうのは、作品はもちろん、本人も読者に夢を与える存在でなければならないと思う。魅力のない人間が書いた本なんて、あたしゃ読みたくないよ。

新しい住居は以前の倍の広さがある。稼いだら本棚とクロゼットを買おうと思っている。それにダイニングテーブル。卓袱台は捨てた。女流作家は卓袱台なんかでは飯を食ってはいかん。テーブルには豪華な盛り花を飾り、高級食材で作った料理をワイン片手に楽しむのだ。

そうそう、もうひとつ自慢するのを忘れていた。トイレの便座にはウォシュレットがついているのだ。痔《じ》は文筆業者の大敵だと聞く。いくら売れっ子になっても、女としての幸せを捨てては仕方ない。一流の女流作家は一流の男をつかまえているような気がする。あたしもそうありたい。映画のような、いや、間違い、小説に出てくるような最高の恋愛を、と願っているのに、肛門《こうもん》から腸が飛び出ていては王子様も興ざめだろう。

環境の準備はできた。しかし、あたしは重大な問題を見逃していたことに気づく。金の問題だ。この環境を維持できるかということになると、頭痛、眩暈《めまい》、肩凝りがしてくる。

あたしの小説だけの月収は、約二十万円。それにコラムやエッセイの仕事が少々。本が出版されればボーナスが入るけど、歩合制みたいなものなので、いくら貰《もら》えるかはわからん。ナイーブな芸術家だからとか、いいかげんなB型だからとか、ロマンチストな魚座だからとか、言い訳したところで大家の吉村さん（茨城県に在住の土地持ち。やもめ）は家賃を待ってはくれないだろう。いや、あたしはまだ若くてきれいだから、二カ月くらいは待ってくれるかもしれん。もしかしたら恋愛関係になって、以後は家賃免除になる可能性も否定できない。

吉村さんがデブだったら最悪だ。あたしは男のデブは許せんのだ。男は脚と脚の隙間から向こうの世界が見えないと。お尻《しり》も小さくないと。肉ってなんか生っぽいよ。排便とか生理現象を思い出させる。恋愛中はそういう部分、忘れたいのに。忘れてロマンチックしたいのに。

そうだ、吉村さんの職業はなんだったっけ。ただの土地持ちか。筑波《つくば》あたりの工場の研究室に勤めていたら嬉《うれ》しい。太陽のあたらない地下室の研究室で働いていて、病的なぐらい色白だったらなお嬉しい。あたしは植物っぽい男が好きだ。白衣というコスチュームも捨てがたい。いいじゃん、吉村。あたしを抱いて。奪って逃げて。

いかん、また重要なことを忘れていた。家賃は茨城信用金庫に振り込みだった。どうやったら吉村に会えるんだ。くそっ。

たったいま、頭の中に「東京ららばい」の歌詞が浮かぶ。「部屋がある窓があるタワーも見えるけど　東京ららばい　倖《しあわ》せが見えない……」これはあたしのカラオケの十八番だが（ほかには「愛の水中花」）、なんて切ない歌なんだろう。しみじみ思う。

引っ越しで貯金も使い果たした。家具も、花を活《い》ける花瓶もない。プロポーズしてくれるような男もいない。いざとなったら、銀座《ぎんざ》に戻るかなあ……。いかん、いかん、そんな弱気では。あたしには大いなる野望があるのだ。

ガッツ、室井！

ファイト、室井！

ビューティフル、室井！

ファンタスティック、室井！

為《な》せば成る、為さねば成らぬ。一九九九年世紀末のどさくさに紛れて、売れっ子作家になってやる。あたしはクリスタルキングの声の高いやつの頭のように燃えている（いま、その場で正座し直す。椅子《いす》がないので腰が冷える）。

よく考えてみたら、あたしってけっこうすごい。銀座のホステスしながら小説を書いて、去年の五月に某小説誌の「読者による性の小説」で当選した。しかもそれは新人発掘の場ではなかったのに、プロフィールにミスコンのタイトルを書きまくり、編集者のすけべ根性につけこんで、まんまと彼らとコンタクトを取るところまでこぎつけた。やりィ。

興味本位であたしに会った編集者に、「林真理子《はやしまりこ》さんのようにビッグにしてください」と一発爆弾をかましておき、彼らが呆然《ぼうぜん》としている隙に、別の小説誌の新人賞に落選した作品を、忘れたふりして置いてきた。小説誌レギュラーメンバーの突然の欠場を待ったのだ。あたしが睨《にら》んでいたように、作家には怠け者が多い。すぐに風邪《かぜ》という嘘《うそ》くさい理由で欠場者が現れた。載せる原稿がない。誰かに頼む時間もない。なんと、そこに室井の原稿があるではないか。ウッシッシ。

あたしは思うのだが、成功するのにいちばん大切な才能とは、チャンスをいかにつかむかだ。チャンスがいちども やって来ない人間もいるにはいるが、あたしの名前の総画数は「ラッキーチャンス運」、ちゃんと定期的にチャンスがまわってくる運命らしい。男運がないのが玉にきずだけど、それは押さえの吉村がいるからいいとしよう。今回集英社から『血い花《あか》』を出版することになって、担当編集者が調べてくれたんだから間違いない(自分で調べるといいとこしか見ないもん)。

それにしても、占いにすがるとはよっぽど売れる作家が少ないのか。世知辛《せちがら》い世の中である。学校図書館の推薦図書か、夏休みの課題図書になるにはどうしたらいいんだろう。誰か教えてくれ。いっきに五万部、十万部は売れるらしいのだ。けれど、セックス抜きの小説ってのもなあ。あたしには考えられんかも。新聞もテレビも見ないもんな。だいたい枚数がもたん。

で、どうしたら売れる小説が書けるのか。やっぱ、室井の時代が来るのを待ちつづけ……。いかん、いかん、いかん。あたしはどうも楽なほう楽なほうに考えが流れてゆく。努力! 根性! がんばり! あたしはやる。やってやる。天才作家の本を読み、盗めるところはバレないように盗み、バレても居直れるような根性を鍛え、すけべ編集者との仕事がよりスムースにいくように毎夜の顔マッサージも忘れない。就寝まえには、腹筋、腕立て三十回。

　女流作家って、なんて大変なんだろう。目標は大きいほうがいいけど、知力、体力、美《び》貌《ぼう》、まるで超人じゃないの。青森生まれの栃木育ち。母親も父親もいい人ってのが取り柄の、まるっきしの凡人。おまけに貧乏人。そのハーフのあたしが超人として生まれ変われるときがおとずれるんだろうか。まったく先が見えん。はーあ。

　あ、でもいいこともあったの。某雑誌にあたし宛《あて》で剃刀《かみそり》が届いたんだって。スーパー売れっ子作家の山田詠美《やまだえいみ》さんもデビューしたての頃やられたらしいって聞いた。じゃあ、あたしも素質あるのかなって、ミジンコからは進化したのかなって。嬉しいよ、まったく、ちくしょう。まあ、いい人っていわれるようじゃおしまいか。一歩、野望に近づいたってことか。

仕事運、男運

某雑誌の企画で、シンガポールと香港《ホンコン》と台湾にいかないかといわれた。なんでも、向こうの有名な占い師に会って取材してきてほしいという。あたしはすぐに自宅の留守番電話のメッセージのことを考えた。

「室井です。ただいま仕事で海外に出ております。来週末には戻ります」

そして馴染《なじ》みの編集者にも、

「悪いんですけど、ちょっと仕事で日本を離れなきゃいけないので、こちらのほうにゲラを送ってくださいますか」

向こうのホテルのファックス番号を教えるのだ。イカす。〝仕事十海外〟というのがとてもイカす。友達にも自慢できる。あたしはその仕事の話を持ってきた編集者の手を握り、

「がんばりますよ。身体《からだ》だけは丈夫ですから」

と即座にOKした。日本に戻ってから原稿を書きゃあいいんでしょ。それだけで、旅行代金は出してくれるわ、日当まで出るわ（どうせ毎日仕事してるわきゃないんだし）、なんておいしい仕事なんだ。ウッシッシ。

旅行の前日まで人と会っていた。もちろん〝さりげなく〟自慢をするためだ。わけもなくスケジュール帳を開き、

「あ、ごめん。その週はだめなの。仕事で海外いってるからさあ」

あたしが睨んでいたとおり、〝仕事＋海外〟という台詞《せりふ》は効く。海外旅行慣れしているOLの友達も、かっこいいといっていた。しかし、担当編集者たちにはいきなり怒られた。頼まれた原稿をまだ書いてない。しまった。この人たちはいつも仕事で海外に出かけているんだった。怒られたときは逆に怒りだすというのが正しい。「じゃあ、なにかい。あたしゃあ、いっつも机にへばりついて原稿を書いてりゃいいってのかい」とわめき、小説の締め切りを延ばし、とにかく旅行に出かけることになった。

シンガポールで三人、香港で三人、台湾で四人の占い師に見てもらった。香港の一人、台湾の三人は、政治家や芸能人御用達《ごようたし》の超有名占い師だった。見料が日本円で十万もするらしい。はじめは、占いなんてゲームみたいなもんじゃん、と思っていた。が、しかし、当たるのである。両親の年齢や干支《えと》はもちろん、あたしの職業や、ボーイフレンドの年齢までぴたりと当てる。そしてその四人は、四人ともおなじことをいうのだ。

「おだてに乗りやすく、気前もいい。楽しいことが好きで、派手好き。頑固で、いったんいいだしたら聞かない」

そして運勢については、

「すばらしい運勢だ。この運勢で男だったらいうことがない。組織の頂点まで昇っていく人です。仕事は一生つづけたほうがいいでしょう。一生いまのペースで仕事をしていくべきです」

「あなたは一生豊かで苦労をしない運勢にあります。仕事では必ず支えてくれる人が出てくるでしょう。天が崩れようともあなたのことを助けてくれる人が現れるのです。運勢から推していくと、多少の波はありますが成功します。非常に強い運勢の持ち主です」

いいじゃん、いいじゃん、あたしの人生。

「やったー。勝ったもどうぜん」

椅子の上でくるくるとまわった。けれど、一生とか先の長い話をしているというのに、〝結婚〟という二文字が出てこない。もしかするとここまでは観光客用だったのかもしれない。あたしは座り直して占い師に、

「で、結婚はいつ頃でしょうか？」

と訊《たず》ねた。みんな口ごもった。

「仕事はうまくいきます」

と仕事運の部分だけをリピートしたり、

「どうしても結婚にこだわりますか？」

と逆に質問をされてしまったり、

「人それぞれ持って生まれた天分があります。欲張りだ」

とお釈迦様《しゃかさま》の絵を持ち出して説教するやつまでいた。そんないわれ方は腹のあたりがむず痒《がゆ》い。はっきりいってくれ、と詰め寄ると、みな口を揃《そろ》えて、

「悪い。最悪」

と答えた。がーん。

仕事運と金運がいいのは嬉しいが、女に生まれて男運が最悪というのはすんごくすんごーく不幸なんではないか。それが悪くて幸せな一生なんてあるか。だいいち、仕事をがんばっているのは王子様に見初《みそ》められやすくするという意味もあった。小説を出版して、いろんな雑誌のインタビューを受けて、そうすれば王子様の目にもとまりやすくなる。「ファンです」とある日、薔薇《ばら》の花束を持って現れるのだ。

「結婚してください。あなたみたいな人をずっと捜していた」

あたしはうつむいて、

「身分が違いすぎますわ」

「なにをおっしゃいますか。あなたは才能があって美しい。ぼくのほうこそ、親父《おやじ》の後を

継いだだけのつまらない男だ」

抱擁。キス。

それからは、子育てをしながら年に一冊ぐらい書き下ろしの小説を書いていくのだ。家賃の心配もしなくていいし。そうそう、「クロワッサン」の「素敵なあの人のライフスタイル特集号」の常連にならなきゃいかん。そうそう、「たまごクラブ」と「ひよこクラブ」にもエッセイを書かなきゃいかん。あれは去年、〝できちゃった結婚〟した従妹《いとこ》の愛読誌なのだ。子持ちの友達はみんな読んでいる。

ウエディングドレスも着てみたい。ブライダルモデルをしたことがあるが、あたしは骨格の良さが認められていつも着物だった。打ち掛けは重いので、細っこいモデルは潰《つぶ》れてしまうのだ。着たいドレスも決まっている。水沢アキが外国人と結婚したときに着たドレスだ。肩のところがふりふりしてて可愛《かわい》かった。アキよりあたしのほうがだんぜん似合う。

桂由美だってびっくりだ。

帰国してから、担当の編集者のところに電話をかけまくった。結婚できないとは思いたくないが、一応、念のためだ。飯を食わせてくれる男が現れないなら、飯の種になる仕事は確保しておかなきゃいかん。あたしって気が小さい。気が小さすぎてストレスが溜《た》まるから、すぐにキレてしまうの。あ、これは占い師がいってたんだけどね。

「……ということなので、死ぬまで働かなきゃいけないことに決まりましたから、よろしくお願いいたします」

もちろん口だけだ。王子様が現れたら、死ぬまで働くわけないじゃん。好きな仕事だけをして優雅な日々を過ごすのだ。

地味なので忘れていたが、S社の担当の田中ちんが独身だということにたったいま気がついた。もしいまのボーイフレンドに捨てられたら（縁がないといわれた）、〃やつ〃でもいいか。あたしはあのドレスを着るために生まれてきたのかも。考えて、彼の上司に電話をしておいた。

「小説にすべてをかけることに決めました。つきましてはご相談なのですが……」

田中と結婚したい旨を告げた。「いいよ」と上司はいった。今年はS社から本が出版される予定だ。「ほんとうに？」と訊《き》いたら、「これからもがんばるなら、ほんとうに」と答えた。よっし、小説さえがんばって書いていたら、見込みがあると思われていれば、あの男はあたしのものだ。

そういえば去年（一九九八年）の暮れに田中に呼び出されて、「仕事は派手に、私生活は地味に」といわれた。去年はたくさん迷惑をかけた。遊びで貰った変な粉の入った袋は発見されるし、男と別れて泣きわめいたこともあった。もしかすると、あの言葉ってプロポーズだったのかもしれん。

「仕事をしたいのなら、がんばりたまえ。けれど、地味な僕の嫁さんというのもいいよ」

なーんだ、そうだったのか。しかし、まだ焦ることはない。王子様が発見できるあたしにまだなっていない。

保険もできたし、気分も落ち着いた。作家してる〝あかねちゃん〟と漫画家してる〝未明ちゃん〟を誘って飲みにいった。こういうときは、自分より男運が悪そうな友達と飲みにいくにかぎる。ふたりはいった。

「男運がなんぼのもんじゃい」

なんと力強い意見よ。そうなのかもしれない。結婚なんて誰でもできる。電車に乗って、たまにすんごいブスと会うが、子連れだったりする。小説家でビッグになることを考えれば、小さい夢だ。

「わたしね、新聞で連載していたエッセイが本になるの」とあかねちん。

「わたしも三月に本が出る」と未明ちん。

「あたしも負けたくない」

立ち上がると、ふたりが拍手をした。

「辛《つら》いけど三人でがんばっていこうね」

と手と手を握りあった。けれど、ふたりの胸の内は知っている。ふたりとも男に関しては自分だけ裏切ろうとしている。だって、あたしがそうだもん。でも、ふたりは一回結婚して失敗している。あいつらは、一回したからもういいな。もう一度たくさんの人を集めてご祝儀を貰うなんておこがましいってもんだ。あたしが幸せになっても怒る人はいないけど。あたしは計画通り（仕事の成功→王子様が求婚）にいきたいものだ。最悪、王子様が現れなかったとしても、このままがんばっていたら小説で賞なんかも貰えちゃったりして。授賞式の金屏風《きんびょうぶ》の前では、あたしが主役じゃん。どんな格好をしていっても、どんな挨拶《あいさつ》をしてもいいってことじゃん。だったら、ウエディングドレスもありだよな。受賞の言葉はやっぱ、「あたし、幸せになります」かな。賞金が入るから、脇《わき》に立つ王子様をやとったらいいんだよな。

有名人運は不幸とともに

最近、有名人運がある。あたしの本がばか売れし、あたし自身が有名になるということではない。有名人によく会う機会があるという話だ。でも、ミーハーなあたしはとっても幸せなの。田舎にいたら考えられんことだもん。

小学校三年生の頃だった。青森県の三沢《みさわ》公会堂の前から八列めで〝太川陽介〟を見て喜んでしまった。高校生のときは、〝コロッケ〟のディナーショーにいってサインを貰ってしまった。上京してからは六本木、銀座で〝高木ブー〟を四、五回見かけた。ブーじゃなければどんな手を使っても『運命の出会い・恋のイタズラ編』に持ってくけど、ブーじゃね。いったい誰に自慢したらいいのさ。そうそう、有名人って、会って自慢できる人とできん人がいる。で、最近あたしが会った有名人は超一級、Aランク、もう自慢ときときできちゃうのよ。いままでのたくわん臭漂う思い出なんて、コンビニの袋に入れて代々木公園のベンチの下に捨ててきたよ。

けれど、その有名人運は不幸とともにやって来たのである。先々週、我が家を突風が通りすぎた（諸般の事情により詳しくはいえないの）。洋服や下着はもちろん、布団、食器、化粧品、パソコン、印刷機、ありとあらゆるものを破壊していった。最近、暖かい日がつづいているが、あたしの懐は寒い。極寒状態よ。

銀行のカードで七万をおろし、とりあえず化粧品を揃《そろ》えた。それとブラジャーも。だってあたしは……ジャーン、あの〝大槻《おおつき》ケンヂ〟さんと約束があるんだもん。ナマ大槻よ、モノホンのケンヂよ。すっぴん・垂れ乳で出かける女がどこにいる？　あたしは張りきった。誰に頼まれたわけでもないのに、洋服も新調した。化粧品、総額五万七千円。ブラジャー、二枚で七千円。洋服代、三万円。ただいまの貯金総額三十二万なり（今月の家賃はまだ払っていない）。週刊誌に短期連載していた小説の原稿料はいつ入るのだ。なに？月末締めの翌月払いだと？　これじゃあ、病気にもなれない。インフルエンザにかかって入院でもしたら、一巻の終わりじゃん。しまった。あたしには金持ちの友達が一人もいない。親戚《しんせき》もいない。いざというときのために、金持ちの友人を一人は作っておくことを勧める。貧乏人は束になっても屁のつっぱりにもならん。同情して一緒に泣いてもらっても、互いの腹の音の合奏によけいに悲しい気分になっただけだよ。

それはそうと、大槻さんだ。彼の小説、あたし大好きなんだ。でももっと彼本人を好きになってしまった。いやあ、素敵な人だった。いきなりセックスの話で盛り上がっちゃってさあ。美男美女どうし、面倒くさい手続きはいらない。新品の下着もつけているし、いいの、好きにして……とあたしはマジで思ったんだが、そんなおいしいことは起こらんかった。当たり前か。なにしろ「ａｎ・ａｎ」のセックス特集の対談だもんな。でも、いいんだ。だって、パンピーが大槻ケンヂに会えるか？ これは血と涙を流しながら作家の末端の座にかろうじてしがみついてるあたしへの神様からのプレゼントなのだ。

ああ、作家を目指してよかった。心から思う。だけど、これを読んで悔しいと思った人、作家になろうとしている人、考え直したほうがいいよ。どんなにがんばったって、クルーザーなんて買えないんだから。専属のハイヤー運転手なんて雇えないんだから。有名女優となんて結婚できないんだから。徳川《とくがわ》の埋蔵金を掘り起こすより、小説で一発当てるのは難しいんだから。執筆業者なんて野球選手の十倍はいるんだから。そのみんながホームラン王目指してるんだから。あたし程度で万々歳なんだから(月収約二十万。ただし印税除く)。いちおう、ライバルが現れないように牽制《けんせい》しておきました。懐が寂しくなってくると、根性まで貧乏チックになってくるものなのね。ぐすん。

大槻効果で三日間は幸せだった。けれど、あたしは頑固なひねくれモードに入っている。しかも生理中。ダーリンと喧嘩《けんか》をした。あの突風の被害が尾をひいているのだ。あたしは居候《いそうろう》の彼を残して家を飛び出した。震度2ぐらいの余震のままで終わらせたければ、一緒にいてはいかん。こういうことは過去の恋愛から学んでいる。でないと、とんでもないことをいってしまうのよ。

（例1）「けっ、別れたろーじゃないの」

（例2）「ああ、面倒くさ。あんた面倒くさー」

違うの、違うの、ほんとうはそんなこと思ってないの。なのに、どうして？　その後すぐに舌打ちするの？「おれたちもうおしまいだね」って間髪容《かんはつい》れずにいうの？　あたしが欲しいのは、

（例1）「ばかいうなよ（微笑《ほほえ》みながら）」

（例2）「笑ったきみのほうがチャーミングだ」

というような言葉なのに。だからあたしは、

（例1）「あー、せいせいした」

（例2）「さっ、次の男にｇｏ！」

（例3）「あんたのナニ、腐ってもげちまえ」

とかいっちゃうじゃない。あいつとも、あいつとも、あいつとも、別れようなんて夢にも思ってなかったのに。どうしてみんなそんな簡単にあたしを捨てるわけ？　それでいいのか？

たとえば、こんなふうにしてくれればよかったのだ。

＊

「これ以上一緒にいても、いたずらに傷つけあうだけよ」

佑月は潤《うる》んだ瞳《ひとみ》でぼくを見つめた。彼女にとって、彼女の意見は正しいのだろう。ぼくにとって、ぼくの意見が正しいように。しかし、それをいってどうなる。ぼくは口を開く代わりに、佑月の華奢《きゃしゃ》な身体を抱きしめた。佑月はぼくの腕の中でもがいた。

「別れましょう」

佑月がいった。ぼくは腕に力をこめた。佑月は美しい、そして小鳥のように自由だ。少しでも力を緩めたら、またどこかに飛んでいきそうな気がした。

「痛い」

消え入りそうな声でぼくに訴える。ぼくは力をこめつづけた。そのうち、佑月はぐったりとしてぼくに身体をあずけてきた。

佑月を抱き上げ、ベッドまで運んだ。ぼくも隣に横になった。彼女のブラウスのボタンを外し、その乳房に唇を寄せた。

「やめて」

佑月は震えながらいった。抵抗する気力はないようだった。ぼくはかまわず、スカートをたくし上げ、ショーツの中に指を滑りこませた。彼女のいちばん感じるところを撫《な》でつづけた。

　ぼくの首に腕をまわして欲しい。身体を押しつけて、キスをねだって欲しい。その瞬間を待ち望んで——

＊

　この例のすごいところは、ふたりとも「ごめんね」っていわなくても仲直りできることなのだ。あいつも、あいつも、あいつも、気づかないかね。みーんな馬鹿じゃん。ほんとに腐ってもげちまえってんだよ。

　あ、話が飛んでしまった。で、喧嘩して家を飛び出して馴染みのバーへと向かったの。タクシーの中ではずっと〝中森明菜〟の「難破船」を泣きながら歌っていたわ。ああ、あたしたち駄目になってしまうの？　独りぼっちになってしまうの？　いつも優しいバーのママ（おじさんだけどおばさん）に、慰めてもらいたかったの。勢いよくドアを開けたわ。ママ、あたしを抱きしめて。彼の代わりにあたしを抱きしめて！

　なのに、なによ。店の中はお祭り騒ぎなのよ。あたしは死ぬほど辛《つら》いのに、どいつもこいつもはしゃぎやがって。くたばりやがれ。馬鹿騒ぎしている奥の席を睨む。あらら、どっかで見たオヤジ……と思ったら、あたしが心から尊敬している〝ちばてつや先生〟と〝安孫子素雄《あびこもとお》先生〟ではないの。もちろんママにすりすりして、紹介してくれとねだったわ。だって、ちばてつやと藤子不二雄Ⓐよ。あたしがバイブルのように読んでいる『のたり松太郎』と『魔太郎がくる!!』の作者なのよ。おふたりともとてもいい人で、一緒に飲むことをお許しになったほか、サインまでくださったんだから。ちばさんに、

「もしかしてあたしの初恋の人は、『あしたのジョー』のカーロス・リベラかもしれんです」

というとカーロス・リベラの顔をさらさらと描《か》いてくれたんだから。安孫子さんなんて、

「『笑ゥせぇるすまん』からばれないようにネタを盗んでしまいました」

と告白したにもかかわらず、あたしの似顔絵を描いてくれちゃったんだから。あー、幸せ。興奮してダーリンに電話した。

「ちょっと、聞いてよ。すごいんだから。いま、すごい人たちと飲んでるんだから」

ダーリンが黙っているので、そうだ、喧嘩してたんだった、とはっと気がついた。でも、この興奮は止まらないじゃない。

「さっきはごめんなさい。あたしが悪かったよ。で、いますごい人たちと飲んでるんだから」

三十分後にダーリンも店にやって来た。ダーリンもふたりの大ファンなのだ。おいしい酒を飲んで、けっきょく仲直りした。チャン、チャン。

しかし、よく考えたら、喧嘩の根本から話しあって仲直りしたわけではない。また喧嘩になるかもしれん。今度はこうはいかんかも。大地震に怯《おび》える毎日よ。でも怯えながらも、ちょっとだけ、ちょっとだけだけど次に会える有名人に期待してしまうあたしなの。うふっ。

ほんとうの才能は……

これは実話です。ほんとうに実話なんです。

小説の構想を考えながら炬燵《こたつ》で居眠りをしていたときだ。いきなり電話のベルが鳴った。ちくしょう、留守電にしてないぜ。ベル音はなかなか鳴りやまない。あたしは蛇女のようにズルズル床を這《は》って、ようやく子機を取った。受話器の向こうで相手はいきなりいった。

「スターはあなただ！」

年輩の女性の声だった。彼女はある映画会社の名前を告げた。

「あなたの才能は小説とは違うところにあると、わたしは確信しています」

なんと衝撃的な言葉。頭をかち割られた気がした。ぱっくり開いた傷口に、涼しい風が通りすぎてゆく。眠気はいっぺんに覚めた。

　実は、ここ一週間、一行も小説が書けない。締め切りは迫る、何も書けない。締め切りは迫る、何も書けない。あーうー、誰かあたしを殺してくれ！　昨日から玄関の鍵《かぎ》もかけていない。あたしみたいな新人が締め切りを守れなかったら、先がないよ。でも、編集者だって人間じゃん。もしかして、家に強盗が入ったりして。もしかして、強姦《ごうかん》でもされちゃったりして。そしたら締め切り守れなくても情状酌量《じょうじょうしゃくりょう》してくれるよな。地震も起こりそうもないしさ。癌《がん》にも白血病にも冒されてなさそうだし。友達がやれ合コンだ、やれセックスだと騒いでいるのに、あたしは来る日も来る日もウエストのゴムが伸びたパジャマを着て机に向かってる。三度の飯は外食。しかもいつも同じ店。風呂《ふろ》に入っていないから、家から半径五百メートル以内しか動けないいっちゅうの。あいつよりあいつよりあいつよりあたしのほうが可愛いというのに。ずっと何かが間違っているとは思ってた。あたしは青春の無駄遣いをしているのではないですか？　とり返しのつかない間違いをしているのではないですか？　誰かに答えてもらいたい。あたしは起きあがって正座をした。

「で、あたしにはなにが向いていると？」

　相手はまた「スターはあなただ」とくり返した。そして、

「小説はもちろんですが、雑誌のグラビア、インタビュー等を拝見させていただきました。お綺麗《きれい》ですね」

「ありがとうございます。でも、写真は何枚も何枚も撮って、いちばんいい物を使うので

す。実際はたいしたことないです」

いちおう謙遜《けんそん》していった。相手は声を張り上げて、

「そういうことじゃないんです。あなたは光っている。野心に満ちあふれた目がいい。処女のようで娼婦《しょうふ》のよう。そういう女性を捜してきました。映画に出ませんか？　もちろん主役です！」

三日後、表参道《おもてさんどう》の喫茶店で会う約束をした。あ、しまった。名前聞いとらんかった。〝月影千草〟（by『ガラスの仮面』）ってんじゃないだろうな。

夢でも見ているのかと思い、友達の麻里ちゃん㊟新婚旅行でハワイに行った麻里ではない。別の麻里。ダーリンが学生結婚していた頃にできた娘）に電話をかけた。こういうときは麻里ちゃんに限る。あたしの女友達の中で、リボンとレースとフリルからいちばん遠いところに生きてる。あたしは機関銃のように、いまの出来事を話しまくった。綺麗だ、といわれたところを強調して。麻里はあたしの話をため息で遮《さえぎ》った。

「佑月さん、わたし仕事中なんだけど」

「こっちの話のほうが大切でしょ。だって、あたしの才能は違うところにあるかもしれないんだもん」

麻里は黙った。なぜならば、彼女は来月からいまの勤め先を辞めて、あたしの秘書になるからだ。というのはいいすぎで（秘書という役職はあたしが勝手に考えた）、あたしの

電話番をやってもらうことになっている。報酬はあたしの稼ぎ次第。ようするに一蓮托生《いちれんたくしょう》ってわけ。この博打《ばくち》好きめ。すごいよな、あたしに賭《か》けるなんて。あたしがこのまま鳴かず飛ばずなら、麻里も幸せは望めないということだ。結婚なんて、どうしてできようか。
まだいってないが、麻里の最初の仕事は決めてある。友達の愛子（ＯＬ）の会社の近くでお茶を飲み、愛子を呼び出し、二十分ぐらい経《た》った頃に現れてもらうのだ。
麻里「室井先生、もうそろそろ」
佑月「この子、あたしの秘書なの」
　と麻里をサラリと愛子に紹介する。そして時計を見て、
佑月「え、もうそんな時間？　まだいいじゃない」
麻里「でも、みなさんがお待ちになっていますので」
佑月、愛子に両手を合わせる。
佑月「ごめーん。今日、出版社の人が××予約してくれてるから」
　ふふふ。どうだい。中学時代から気に入らない女だったが、これで決着がつくというものよ。愛子め、この間会ったとき、プラダの新作バッグを見せびらかしやがって。あ、そうだ。この案には編集者の方々の協力（××予約のくだり。有名なレストランが望ましい）も必要なので、どうぞよろしくお願いします。できれば、ＯＬがあっと驚くような店がいいです。小説もリアルさを出すために、「ほんとうにある店の名前を調べて入れろ」

っていつもいってるもんね。

まあ、それは置いといて、あたしは麻里に「ほんとうの才能」という言葉を何度も使って、再び同じ話をした。麻里は一通り最後まで聞いてくれたが、

「そんな一銭にもならない嘘《うそ》くさい話」

「どこが？」

「すべて」

一方的に通話は切られた。そうか？　そんな嘘くさい話か？　麻里にはわかんなかったのかもしれん。手鏡を覗《のぞ》いてみた。ふむふむ。いわれてみるとたしかに、処女のようにも、娼婦のようにも見える。それに、映画出演ってはじめてじゃないし。

先日、若松孝二《わかまつこうじ》監督の『飛ぶは天国、もぐるが地獄』の撮影に鬼首《おにこうべ》温泉にいってきたばかりなんだよ。あたしの役は〝女強盗ミホ〟。連れの男を怒鳴ってばかりいる役だった。「このグズ！」とか「バッカじゃないの」とか。真っ赤な豹柄《ひょうがら》のパンツは穿《は》いてるわ、すぐにおっぱいは出すわ、いやあ、下品な女の役だった。脚本はあたしの友達の高取英さんというおっちゃんが書いていて、「室井にぴったりの役を作ったから」といっていたんだけどな。「地のままでいって」とも。高取さんにはあたしの処女の部分がわかんなかったのかね。その昔、彼から貰った舞台の役も、後妻の役だったしな。ほんとのあたしは可愛いから、それを押し殺すのは難しいんだよね。高取め、やりやがる。あたしの秘めたる才

能を目覚めさせようとしたんだな。いくつもの仮面を引き出そうとしたんだな。脚本家魂というやつか。

女優……言葉の響きもいいなあ。いまは締め切り前で汚いけど、あたしだってちょっと金かけて磨けばかなりイケる。どうにかならんか。銀座のホステス時代のお客さんが、ある女優（ワインが身体に流れているやつ）にブルガリの時計を贈っていたのを知っている。あたしにはタンタンの顔のついた時計だった。くそ、女優はいつもいつもそういういい目にあってるんだな。あたしなんて、寄ってくる男は昔から貧乏人ばかりだよ。くそ、くそ、ファミレスの飯で喜んでセックスしてる場合じゃねえっつーの。あたしの優しさにつけこむなっつーの。寂しい顔すんなっつーの。そんなきらきらした目で見るなっつーの。あたしは捨てられているものに弱いんだから。犬、猫、男はもちろん、ソファまでつい拾っちゃうんだから。この間も金髪のおばちゃん拾っちゃったしな。

通りを歩いていたら金髪のおばちゃんが斜め座りをして、落っこってた。

「あああ、ああ、助けてぇえ」

エッチな声出してた。道ゆく人々は誰も知らん顔よ。みんな気持ち悪そうな顔で、遠巻きに眺めてやんの。てめえら、金髪の若い女だったら抱き起こすつもりだろ。その根性直しやがれ。あたしは両手を広げておばちゃんに駆け寄ったよ。〝鈴木京香〟もびっくりの安らぎの笑顔を作って。おばちゃんは〝堀ちえみ〟をちょっと腐らせたような顔をしてた。

おばちゃん、泣いてんの？　笑ってんの？　足を骨折したと聞いても信じらんなかったよ。

「嘘でぇ」

とあたしがいったら、おばちゃんはズボンを捲《まく》って見せてくれた。脚が反対に曲がってやんの。うひょぉぉ、肛門《こうもん》に力が入って、思わずあたしまで変な声出しちゃったよ。

救急車を呼んであげた。その後、家に帰って寝る前にお祈りもした。「おばちゃんが無事でありますように」と。あのときのおばちゃん、何かあたしにお礼をしようと思って、しかし連絡先がわからずに困っていませんか？　もしこれを読んでも、お礼なんていいからね。そんなことより早く脚を治してね。冷たい世間にぐれないでね。ちなみに、あたしはお寿司《すし》が好きだけど。あ、関係なかったね。

話は戻るけど、月影さん（仮名）、あなたは見る目があるよ。芸能人て「感動的な秘話」が必要じゃん。年末になると、そういう番組ばかりじゃん。あたしの場合、作らなくていいからさ。こんな話、ざっくざっくよ。このエッセイのタイトル、近々「女優の花道」にしちゃおっかな……ってこんなに盛り上がってるのに、知ってるやつのイタズラだったら許さないからな。もう、十五人に電話しちゃったからな。みんな信じなかったけどな。ちくしょう、なんでだよ。暴れてやる。

罠の臭い

　某月刊誌で対談ページを持たないか、といきなりいわれた。対談は、あたしがママの架空のクラブに、ゲストがお客としてやって来るという設定だ。ゲストは毎回大物有名人ってこと。その企画を持ってきた三宅さんという編集者は笑いながらいった。

「クラブで働いていたときと、同じようにやってくれればいいから」

　どうも、銀座のホステスの経歴を買われたようだ。けれど、彼は知らないのだ。あたしがどんなホステスであったかを。

　あたしは優等生ホステスではなかった。いつも担当の黒服に、くだらない理由で控え室に呼ばれては叱《しか》られていた。寝癖、居眠り、泥酔、くわえ煙草《タバコ》。お客のグラスが空なのにも、自分のドレスの染みにも気づかない。ヅラを被《かぶ》った客がやって来ると、そこばかり見てしまう。そんな、もろ魚座のB型体質のあたしが何年間も高級クラブに在籍できたのは、はっきりいってママのお情けとしか考えられん。もしかして、ゲストの有名人を怒らせちゃったりして。その有名人が、なんらかの力であたしの野望の達成を邪魔したりして。恐ろしや〜。

ここ数カ月、あたしの臍《へそ》はすっかり横っちょを向いている。ひねくれてる。ああ、誰からも愛されるあたしでいたいのに。

あたしはたった二カ月間の、OL生活のことを思い出していた。書類に捺《お》す判子を、真っ直ぐに捺さなきゃ、真っ直ぐに捺さなきゃ、と考えていると、すべて上下さかさまに捺してしまった。

そして、先週の「コスモポリタン」のインタビューのことも思い出した。事前に、スタジオで着替えるのだと聞いた。最近の洋服は着方が難しいから、スタイリストの人に手伝ってもらうことになるだろう。そのときパンツを見られるかもしれない。朝シャンして引き出しの中を見る。いちばん上に三枚千円で買ったくたびれた苺《いちご》模様のパンツが置いてあった。これはまずい。そう思いながらも、苺パンツを穿いていったあたしだった。

そして、おとつい。某小説誌へ出す小説が、校了日ぎりぎりまでできん。締め切り日ではない。翌日の午前中までにフロッピーを編集部に送らなくては、原稿を落としてしまう。しかし、机の上には『ベルセルク』の最新刊が置いてあるじゃないの。ダーリンが買ってきたらしい。気になって、仕事に身が入らん。新刊を早いとこ読んで、小説を書かねば。

だけど、その前のストーリーを忘れちゃってるじゃない。一巻から読み直してるうちに、朝になってた。

　そんなあたしだから、突然変なことをいいだして、ゲストの有名人を怒らせるかもしれん。ゲストに〝ＮＧワード〟というのがあったらどうする？　それをいったら逆鱗《げきりん》に触れる、ってな言葉。三宅さんに「××さんに対して、絶対にそれだけは口にしないでください」なんてことを、事前にきつくいわれたりするのだ。で、あたしも「それをいったら終わる」とか思いつめてる。わーお、考えるだけで恐ろしい。あたしゃ、ものの三十秒で自爆すんね。目に見えるよ。あたしは三宅さんの横顔を睨んだ。罠《わな》か？　これは罠なんだな？

　そういえば、デビュー直前、三宅さんの会社の人と酒を飲みにいって、殴り合いの喧嘩をしたことがあった。ずいぶん時間が流れているから、もう時効だよ、きっと。でも、そう思っているのはあたしだけってことあるまいな。それに目の前のこの男、初対面なのに、いろんな作家の名前をあげて、その作品をどう思うかを訊いてきた。臭《にお》う。罠の臭いがぷんぷんする。

　とりあえずあたしは訊ねてみた。

「三宅さんは独身ですか？」

　彼は照れくさそうに笑いながら答えた。

「いいえ。新婚なんです」

あたしはちょっとがっかり……いいやほっとした。三宅さんが身長百八十センチで、さらさらのロン毛で、涼しい目元なのも、罠なのかもしれないと思ったからだ。

「信じるよ……ではなくて、引き受けます」

あたしはいった。

罠じゃないとすれば、こんなにすばらしい仕事はない。毎月、テレビや雑誌に出ている有名人と会えるなんて、それで日当も貰えるなんて、魅力的じゃんか。友達にも自慢こける。

「まかせてください」

思わず胸を張って答えちまったよ。

そして、連載はスタートすることになった。最初のゲストは〝島田《しまだ》雅彦《まさひこ》〟さんだった。難しい話は極力避けてくれ、とのことだ。ゲストの恋愛観などを聞き出したいらしい。ホッ、よかった。馬鹿がばれそうもないよ。クラブという設定だから、もちろん酒は飲む。酒を飲みながら、というのは三宅さんが考えた。酒の力を借りて、島田さんに心を開いてもらう魂胆《こんたん》だな。

しかし、対談をはじめて一時間後、どうも話題がお文学に流れがちだ。島田さんが〝フォークナー〟とかいった。フォークナー、って誰だそりゃぁ？ 聞いたこともない名前だ。ずうっと、適当に相づちをうっていたあたしだが、なにしろ対談だもんな。どうやったって、会話がマンツーマンの質問形式になっちゃうじゃん。危険を察知したあたしは、「ちょっとトイレへ」といって席を立った。

トイレの中から携帯でダーリンに電話をした。ダーリンは文学おたくなのだ。

「大変なことが起こった」

とあたしがいうと、ダーリンは「またか」というようにため息をついた。

「フォークナーって誰よ？」

あたしは訊ねた。ダーリンは、

「ヘンリー・ミラーと同じぐらい偉いアメリカの作家」

と教えてくれた。

「ああ、ヘンリー・ミラーなら知っている。『白鯨』を書いた人だ」

「違う。それはメルビル。ミラーは『老人と海』」

そこまで聞いて、あたしは通話を切った。こういうズルをしてるのがばれるのは厭《いや》だ。恥ずかしい。あたしはおしっこもしてないのに、勢いよくトイレの水を流した。急がねば。あんまり遅いと、大きいほうをしていると思われちゃう。それはそれで、もっと恥ずかしい。しかし、どうしたことだろう。急に酒がまわって、頭がぼうっとしてくるではないの。フォークナーとはヘンリー・ミラーと同じくらい偉い作家で、ヘンリー・ミラーは……、えっと、なに書いてたんだっけ？『おやじの海』？　いや、それは吉幾三《よしいくぞう》で……。（と、ここまで書いたところで、ダーリンが後ろから見ていて、「だから、違うっちゅうの。『老人と海』はヘミングウェイ。ヘンリー・ミラーとはぜんぜん別の人。ぼくはヘンリー・ミラーなんていってません！　きみ、耳悪いんじゃないの？」きいいいい。わかったちゅうの。あたしゃ、カタカナに弱いんだよ）

酔え。とにかく酔っぱらえ。あたしは自分自身に命令を下した。たとえ、失言があったとしても、酔っぱらっているのと酔っぱらっていないのでは、失敗の重みが違う。あたしは席に戻り、憑《つ》かれたようにグラスを口に運んだ。

「フォークナーって誰でしたっけ？」

酒のおかげで、わからないことにはわからないといえるクソ度胸がわき出てきた。対談もスムースに運んだ。ちらりと、三宅を見る。ほらね、といわんばかりに微笑《ほほえ》んでいる。そうか、酒を飲みながらっていったのは、あたしのためだったわけね。なかなかにくい心配りだぜ。

対談が終わった頃には、あたしも島田さんも泥酔状態だった。酔った勢いもあって、島田さんと今回対談をまとめてくれるあかねちんを誘って、家に帰った。酔ったときのあたしの癖で、やたらとお客を連れて帰りたくなるのだ。

タクシーの中で、島田さんに、

「あたしの家は汚いです」

といっておいた。島田さんは、
「海外で汚いのは慣れているから」
と笑っていた。なのに、なぜよ。島田さんも、あかねちんも、部屋に上げたら一瞬、無言になってやんの。酒の威力なんて、そんなもんか？　島田さんは、紙袋持って、ゴミ拾いなんてはじめてやんの。ほっといてよ。そのゴミもそのゴミもそのゴミもオブジェなんだから。

島田さんに掃除してもらって（なんて神経質な人だ）、あたしとダーリンと島田さんとあかねちんと四人して朝の五時まで飲みあかした。いい夜だった。

次回は、〝奥田瑛二〟さんに会えることになっている。ああ、あたしったら幸せ者。ストップ・ザ・ヒネクレ！……と、そのとき、電話が鳴った。あたしの天敵、ＯＬ愛子からだ。声の調子で酔っぱらってんのがわかる。

「あんた、最近どうしてんの？」

一カ月ぶりの電話だっちゅうのに、挨拶もなく愛子はいった。この女はいつもそうだ。新しく揃えた夏物の洋服を自慢したいようだったが、話の腰を折って、あたしは島田雅彦さんが家に泊まったことと（一夜を共にしたっていっちゃった）、奥田瑛二さんと会うこと（デートの予定があるっていっちゃった）を捲《まく》したてた。しかし、愛子は、

「へえ。でも、あんたが有名になったわけでもあるまいし。真面目《まじめ》に小説書きなよね。あ

たしの友達、誰もあんたのこと知らないでやんの。ねえ、ちゃんと食ってけてるの？」

おまえに心配されたかないよ！

「クソババア」

と怒鳴ってあたしは通話を切った。あいつは五月生まれだから、同学年だけど、二月生まれのあたしより一こ早く歳《とし》をとるのだ。くそぅ、むかつく。酔っぱらっているからって、あたしゃ許さないよ。来月のあいつの誕生日に、嫌味をこめて〝ドモホルンリンクル〟のサンプルを取り寄せて送ってやる。

そこであたしははっとした。酔っぱらっていても、相手があたしのように心の狭い人だったらまずいよな。もっと勉強しなくちゃ、と決意したところで、後ろからダーリンがいった。

「きみ、フォークナー知らなくて、よく作家してるねえ」

ダーリンも片手に缶ビールを持っているのだった。死ね、死ね、死ね、と心の中で唱える。おっと、勢い余って言葉にも出ちゃったよ。

あたしが誰からも愛される日は遠い。こうなったらとことん勉強して、愛されなくてもいい、いつか誰からも尊敬されるあたしになってやる。って、思ったけど、どうして『ドラゴンヘッド』の七巻まで机の上に積みあげてあんのさ。ダーリンおまえが犯人か？　罠だな。

早稲田に入ろう！

都の西北、早稲田《わせだ》の杜《もり》にぃ〜……最近のあたしのテーマソングである。来年（二〇〇〇年）あたしは、早稲田に入ろうと燃えている。来月から家庭教師（早稲田大学卒業）も頼んだ。あとは十年前に通っていた高校に電話して、あたしはちゃんと卒業しているのか訊くだけだ。あたしったら、卒業式に出てないもんで（そんときつき合ってた男とスキー旅行にいってた）、卒業証書を持ってない。

早稲田大学というのは、あたしと家庭教師の先生とで考えた。落ちてもある程度かっこいいし、家から近いし、なんといっても一芸入試があるらしいのだ。なんか一つすぐれているところがあれば、面接だけで入れるんだと。

あたしは小説を書いているが、まだまだ勉強中。一芸というには弱い気もする。しかし、あたしのこれからを買ってもらいたい。面接官もあたしの目を見ればわかるはずだ。やる気に満ちて燃えてるぜ。

いい小説を書くには、知識が豊富なほうがいいに決まっている。専門的な知識なんかあったら、最高じゃん。うほほーい、勝ったも同然。『パラサイト・イヴ』だって、書けちゃうかもしんないじゃん。その可能性は否《いな》めないじゃん。宝くじだって、買わなきゃ当たんないんだから。それに大学の講義は九十分だから、集中力を養う特訓にもなるよ。あたしゃ、三十分以上机の前に座ってらんないの。この落ち着きのない性格を直せば、ヒットを飛ばさずとも、二カ月に一冊ペースで単行本を出せっかもしんないじゃん。おほ、おほ、おほ。いつの日か、〝室井ビル〟が建っちゃったりして。

なんの目的も持たず、親に入学金を出してもらって大学に入るガキとはちょっと違うよ。あたしはなけなしの金を出して勉強するのだ。大学で学んだすべてを生かしてやる。一発当てる、という野望のもとに。

生まれてはじめてだよ。勉強したいなんて、高尚《こうしょう》な気持ちになったのは。だいたい勉強なんてしたことないから、自分が頭がいいのか悪いのかさえわからん。もしかすると、いいのかもしんない。いや、いいはずだ。トランプの神経衰弱も強いしな。オセロも負けたことないよ。チンチロリンだって……あ、それは違うか。

で、学部をどうするか思案中である。あたしがいちばん学ばなければいけないのは一般的な教養だ。無知で恥ばっかかいてるしな。でも、これは一年生のとき、誰もが必ず学べるものらしい。自分で学ぼうと思っても、知らないことだらけでどっから覚えていけばいいのかわかんないし、なかなか勉強できるもんじゃないから嬉しい。願わくは、専門課程を選ぶのも、入学時に決めるんじゃなくて、もっと自由にしてくれりゃあいいのにな。

教育学部に進んで、学校の先生になるというのはどうだろう。あたしは高校時代の担任が大嫌いだった。そいつはノストラダムスのように、あたしの将来を予言した。耳を塞《ふさ》ぎたくなるような酷《ひど》い話をさ。だけど、あたしは騙《だま》されなかったね。あたしは思ったよ。おまえのいうことを聞いて、おまえのような大人を増やしたいんだな。そうしないと、自分が正しいという自信が持てないんだな。いつも同じ背広、郊外に小さな家、ぶっさいくな奥さんの作った弁当、趣味は古本集め。そんな大人に誰がなりたいか。いまでも、ヒステリー起こして大人しい生徒を殴っていたときの担任の歪《ゆが》んだ顔が頭に浮かぶ。

あたしだったら、生徒に嘘は教えない。成績の悪い生徒がいたら、

「きみが進学できるのは、きっと××か××ぐらいだろう。就職できるのは××か××ぐらいか。だいたい初任給がこのぐらいで、十年後には××ぐらい貰えるだろう。一生その会社にいるとして、一番の○○くんとは、生涯賃金××万円ぐらいの差が出るわけだ。それが厭なら、金を貯《た》めて自分で事業をおこすか、アーティストになるしかない。ただし、こっちの手段は博打のようなもので、当たりは少ない。しかし、当たれば、女も名誉も金も、すべて手に入る」

といってやる。すると、あたしの生徒はアーティストばかりになってしまうかもな。だいたいいまの時代、大きな会社だからって安心できないし、さっさと自分の得意なものを見つけてそれで勝負したほうがいいに決まってる。いろんな職についた変なやつばっかで、同窓会だって面白いよ、きっと。

社会人になった三十八人（一クラスぶん）の生徒たちが、あたしを囲んで口々にいうのだ。

「室井先生に出会えて幸せでした」

生徒の中にはあたしに恋心を抱いていたやつもいるかもしれない。いや、いるに決まってる。かわいい生徒の夢は壊したくない。あたしは婆《ばばあ》になっているに違いないが、美容整形で弛《たる》んだ皮膚を引っ張って、流行のドレスを着て、同窓会にのぞもう。生徒たちは、変わらずきれいなあたしを見て、感嘆のため息をつく。

「室井先生は、夢みたいな女だ」

男子生徒が食塩水で膨らましたあたしの胸元に抱きついていう。女生徒は、

「ずるーい。あたしたちだって、室井先生に近づくために、一生懸命がんばっているんだから」

「おまえら、先生に比べたらまだまだガキだよ」

「そんなことないもん」

会場が爆笑の渦に飲みこまれる。三十八人があたしの腕を引っ張って、先生、あたし美容師になったの、先生、家を建てるときはいってね、僕が設計するよ、先生、これ僕が出したCDです、先生、次のあたしの舞台絶対観《み》に来てね、先生、俺《おれ》の小料理屋にも来てくださいよ、先生、先生、先生、先生……。

いいなあ。あたしは恋愛小説を書いているから、生徒からのその手の相談も多いはずだ。放課後、西日の射《さ》す資料室に呼び出されるのだ。

＊

あたしが部屋に入ると、光一（イメージモデル・堂本光一）はうつむいた。顔を覗きこもうとしたが、よく見えない。あたしは訊ねた。

「堂本くん、先生に相談したいことってなに？」

「先生」

光一は感極まったように、あたしを呼んだ。彼が大きな声を出すのを、はじめて聞いた。彼は大人しい生徒だ。教室の隅でほかの生徒が戯《ふざ》けているのを見つめ、黙って微笑んでいるような。逆光で真っ黒に見える彼の身体が、じりじりとあたしに近づいてくるのがわかった。ふたりの間の空気が、圧縮され、張りつめていく。

「先生、ぼく、辛いんです」

彼はすがりつくようにあたしに訴えた。窓からの光に目を細めると、胸に手を当てている彼の姿がうっすらとしたシルエットで見えた。あたしは頷《うなず》いた。彼の緊張感が伝わり、あたしの胸も痛かったからだ。よっぽど、なにかを思い詰めていたのだろうか。身体に痛みを覚えるほど。こんなふうになるまで気づいてあげられなかったあたしは、教師失格だ。しかし、あたしまで狼狽《うろた》えてどうする。平静を装って、いつもの調子で彼に語りかけた。

「先生にできることならなんでもしてあげる。約束するわ」

彼は、うわあああ、と叫びながら床に崩れた。手を伸ばし、あたしの足にしがみついた。あたしは前屈《まえかが》みになり、彼の頭を撫でた。彼が顔を上げる。目と目が合った。彼の瞳からいまにも涙が零《こぼ》れ落ちそう。零れる、そう思った瞬間、彼が口を開いた。

「僕だけの先生になってください」

あたしは彼の頭から手を離した。彼は顔を上げたまま、じっとあたしの言葉を待っている。

「ごめんなさい」

あたしはつぶやいた。それしかいえなかった。彼はあたしのスカートに顔を埋めていやいやをした。

「なぜ？　教師と生徒だからですか。でも僕は先生のことを愛している。誰よりも僕がいちばん愛してる」

彼のことを愛《いと》おしく思った。彼の柔らかそうな頬《ほお》に口づけをしてみたかった。でも、それは男への感情とは違う。あたしは、彼の頭を抱きかかえた。母親のように。

「学校を卒業して、いい男になってから、もう一度おなじ言葉をあたしにいってみてよ」

「いま、先生が欲しいんです」

「それはほんとうの愛じゃないわ」

「どうして？」

「あたしを困らせているじゃないの」

光一はあたしの目を見つめ、ゆっくりと頷いた。あたしは彼の耳元に囁《ささや》いた。

「そのときまで、あなたの気持ちが変わらないなら」

彼が大人になり、そのときもあたしへの気持ちが変わらないなら。あたしは教えてあげる。あたしにできることは惜しまずしてあげる。あたしは彼の先生ですもの。あたしの知っているすべてを——。

＊

いいじゃん、いいじゃん、学校の先生。そんとき書く小説も決まった。『七十六の瞳』。待っていろ、堂本光一（仮名）。

四年間も学校に通うんだし、ウン百万もかかるんだから、思いっきり楽しまなきゃな。

そうだ、〝ミス早稲田〟にでも立候補すっかな。あたしゃ、プロフィールに〝ミス栃木〟と書かれるのが厭なんだよ。地域振興の小説書いてんじゃないんだから。まぐれで〝ミス早稲田〟になったら、そっちのほうを書いてもらおう。おお、あたしの早稲田大学！と、こんなに盛り上がっていたのに、数日後、あたしは一気に奈落の底へと落とされた。早稲田大学は高校を卒業したての学生じゃないと、一芸入試ではとらないんだとよ。これから受験勉強しなきゃいけないじゃん。はっきりいって、自信なし。じゃあ、なんで、家庭教師なんて雇うんだって？　大学に入れてもらうからには、あんまり馬鹿じゃ悪いと思ったんだよ。

ちくしょう。そんなに若いやつがいいのかよ、早稲田大学。

こんなあたしですが、「受け入れてもいい」という大らかな教育方針の学校がありましたら、連絡をください。

早稲田はだめでも大学に入ろう！

家庭教師とこれからする勉強の打ち合わせをしていたときだ。家庭教師はあたしの顔をまじまじと見て、呆《あき》れた顔でいった。

「早く受験する学校をしぼってください。どこを受験するかで、勉強しなければならない科目が違ってきますから」

それもそうだと思い、あたしは本屋に走って『私大受験案内』を買ってきた。もちろん毎日家から通うのだから大学の場所も重要だが、それよりももっと大切なことがある。学校に入るということは、その組織の一員になることだ。そこで決められた規律や習慣を守らなくてはいかん。入ってから文句をいったって、「じゃあ、やめれば？」といわれる。その学校に入りたいといったのは自分なんだから、ウン百万は溝《どぶ》に捨てることになる。それだけは厭だ。五億円貯金があって、そん中から入学金を出すわけじゃないってんだよ。だいたい現在五十万しか貯金はないし。どうしたらいいんじゃい。まあ、秋に一冊本が出るしな。そう、いま書いてる小説が、来年には出っから前借りすっか。とにかく、ケツの毛まで抜くようにしなきゃ用意できん金なのだ。

あたしは『私大受験案内』より自宅から通える距離の大学の名を紙に書き出し、その学校の〝特色〟と書かれた欄を丁寧に読んだ。自ら学び自ら考え自ら判断できる人材を育成、社会的自立を目指す女性を教育、キリスト教主義宣言に基づき共生の精神を養う、学問・芸術の研究と教育を通し自覚ある人間に、多様な視点で国際舞台で活躍できる女性を育成……などなど書いてある。

あたしが気に入った校風は〝自足・協力の精神で人間性重視の教育を実施〟と〝自己充実と自己実現をめざす教育〟かな。人間性重視ってとこと、自己充実ってとこが気に入ったよ。××の名門とか、××の伝統とか、国際人をとか、地球規模のとか書いてあるところはなんだかおっかなそうなのでやめる。んで、また本屋にいって選んだ学校の赤本（過去の入試問題が載ってる本）を買ってきた。家に帰ってぱらぱらめくってみる。

わからん。なにが書いてあるのか、さっぱりわからん。どうしたらいいんだ。いろんな雑誌のインタビューで「来年は大学生になります」と微笑みかましていっちゃったよ。

ほんとうにこれを十代のガキが、すらすら解いちゃったりするんだろうか。家庭教師の先生に赤本を買ってきたと報告したら、「次に会うとき、わからない問題を二人で解こうね」といっていた。「全部」といったら、怒られるだろうか。

皆川亮二の漫画、『ＡＲＭＳ』が頭に浮かんだよ。八巻が出たからおとつい買って読んだんだよ。エグリゴリという組織が、人間を人工的に進化させるのだ。たとえば胎児の大脳新皮質に著しい活性化を促す新薬を投与する。すると、超天才児がばんばん誕生する。まさか、まさか……日本も国をあげてそんな計画をやってるわけじゃないよな。そうだとしたら、進化してないあたしはどーなるの。

いや、いや、進化してない人間はいっぱいいる。あたしのまわりはそんな人間ばっかだ。おやじは居留守を使って、あたしが立て替えた競馬の金を返さないし、昨日一緒に酒飲んでた友達のあかねちんは、下品なエロ話ばかりしてるし、某文芸誌の寺西くんは、自分の限界酒量がわからずゲロを吐くまで飲むし、同級生の愛子は酔っぱらうと、すぐにおっぱいを出すし、ダーリンは自分の腋《わき》の匂《にお》いを嗅《か》いで喜んでいるし、おまけに鼻かんだティッシュをあたしに見せるし。ああ、でもなぜだかみんな大学を出てやがる（あ、ダーリンは大学中退だっけ）。

なんだかまわりのみんなが、急に遠くにいってしまった気がする。あたし独りを残して。寒い。耐えられないほど寒い。あたしの身体をブリザードが通り抜けてく――。

【独りぼっちの午後】

作詞・室井佑月

1

人は独りだよって　教えてくれたのはあなた
あたしがいるじゃないって　あたし笑ったわ
アイスティーの氷溶けてく　でもあなたは来ない
今日は日差しが強くて　あの日とおなじね
氷全部溶けたら　あたし席立つわ
たいしたことじゃないわよね
だって　みんな独りだもん
あの人といるあなたも　きっと寂しいんでしょ

2

きみは強いからって　教えてくれたのはあなた
あなたがそうしたかもって　あたし笑ったわ
陽《ひ》が落ち星が見えるわ　でもあなたは来ない

コンタクトずれたみたいよ　涙が落ちるわ
閉店の音楽が　聞こえはじめたわ
　たいしたことじゃないわよね
　だって　みんな独りだもん
　あの人といるあなたも　きっと寂しいんでしょ

3

きみは可愛いなって　いつもいってくれたよね
宇宙で一番だって　いってくれたよね
思い出したらなんだか　むかついてきたのよ
宇宙で二番だなんて　信じられないわ
ほんとうにお別れね　ふり返らないわ
※たいしたことじゃないわよね
　だって　みんな独りだもん
　あの人といるあなたも　きっと寂しいんでしょ
※くり返し

そうだよね、あたしだけじゃないよね。きっとみんなも寂しいんだもん。だって、みんな独りで生まれ、独りで死んでゆくんだもん。みんな一緒だ。

室井、こんなことで挫《くじ》けるのか？　野望を捨てるのか？　あたしは首を左右に大きく振った。

よく考えてみりゃ、あんなやつらだって大学に入れるんだもんな。それこそ、猫も杓子《しゃくし》もだよ。石を投げりゃ、大卒のやつにぶつかるよ。なのに、あたしが入れないわけないじゃんか。どうしたらいいかいまはパッと閃《ひらめ》かないが、そのうち上手《うま》い方法を思いつくはずだ。家庭教師の先生もついてるし。

【パラダイス人生】

作詞・室井佑月

1

いかしたあの娘は　アンアン
真っ赤なヘアーの　アンアン
ヘイ　ハニー　こっち向けよ

目と目が合うと　火傷《やけど》するぜ
触られると　吹っ飛ぶぜ
ボンバー　ボンバー・ムロイ
ムロイ　ムロイ　ムロイ　ムロイ
ムロイ　ムロイ　ムロイ　ムロイ
待ってる　待ってる　パラダイス人生

2

キュートなあの娘は　アンアン
お尻の大きな　アンアン
ヘイ　ハニー　こっち向けよ
俺をその手で　抱きしめろ
きつくきつく　抱きしめろ
セクシー　ボンバー・ムロイ
※ムロイ　ムロイ　ムロイ　ムロイ
ムロイ　ムロイ　ムロイ　ムロイ
※くり返し

待ってる　待ってる　パラダイス人生

（台詞）「ムロイ、おまえがすべてだ。ほかにはなんにもいらねー。おまえの愛だけが、
　愛だけが欲しいんだ。こっち向けよ。馬鹿やろー！」

しかし、あれからいい案は浮かんでいない。問題集も最初の一ページから進んでいない。大学にいってみればいい案も浮かぶかと、最初に志望していた早稲田大学にいってみた。潜りこんで授業も受けた。学生に混じってカフェテリアでお茶も飲んだ。その後、友達ができてみんなで学校の近くのバーにいった。みんな、一緒に勉強したいね、っていってくれた。好きな小説家の話などをし、気分は完全に大学生だった。

ある学生がいった。

「聴講生って手があるよ」

そうか、そんな手もあるのか。また別の学生がいった。

「聴講生って、宿題しなくていいんだよ。出欠の確認もないしさ」

ちぇっ、それじゃあミソッ子みたいじゃん。そんなのやだ。そんなのつまんない。やだい、やだい、と喚《わめ》いたら、それまで和気あいあいと楽しく飲んでいたのに、まるで別世界の生き物でも見るように、みんな冷たい目であたしを眺めてやんの。

人はしょせん独り
荒野の一匹オオカミ
それはあたしのことね
歌いながら帰るわ
歌いながら独り家路に

お中元ゲット！

聞いとくれ！　あたしはついに出版社から、お中元をゲットした。しかも三つ。中身は蜂蜜《はちみつ》とTシャツとフルーツジュースだった。

あたしは、ケチな根性でこの話をしてるんじゃないよ。お歳暮、お中元は、人気のバロメーターのような気がするんだもん。いや、絶対にそうに違いない。有名作家の家なんざ、ばんばん届くそうだ。お中元の箱を毎日開けて、すべて開け終わんないうちにお歳暮が届くんだそうだ。各出版社にはお中元・お歳暮リストっていうのがあって、一度リストに名前が載ると、その出版社が火事にあって全焼でもするっていうようなことさえなければ、毎年毎年、届くらしい。

っていうことはだよ。あたしなんて、いまは仕事があるけど、来年とか再来年とかぜんぜんわかんないじゃん。出版社からそのつどそのつど金を貰い、夜伽《よとぎ》の相手をする愛人みたいなもんだよ。でも、そのリストに名前が載るっていうことは、あたしのテクが忘れられなくて、あたしと離れがたくなった男（出版社）が、観念して籍を入れてくれたようなもんなんじゃん。ぐすん。ちょっと涙。

思えば、おととしはなにも貰えず、去年の年末はお歳暮じゃなくて、カレンダーが贈られてきたのだった。あたしはそれでも嬉しかった。しかし、友達の作家（新人）に確認の電話をしたら、みんな卓上カレンダーと壁かけカレンダーをセットで貰ったという。あたしには壁かけカレンダーだけだった。その差はなんなんだ？　小さいことだが気になるぜ。

あたしはお中元の箱を見ながら想像したよ。太って葉巻をくわえた出版社の社長が（会ったことなどないから知らんが、たぶんダブルのスーツを着ていると思う）、あたしの肩をぽんと叩《たた》き、「きみの将来は、わしが買った」と豪快に笑っている図をさ。

あんまり嬉しかったので、S社の田中ちんにお礼の電話をかけた。中身はなんだったかを訊かれた。蜂蜜三個だった、とあたしは答えた。すると田中ちんは、

「まだまだ、がんばんないと」

というのだ。いったい、どういうこと？　あたしは訊ねて愕然《がくぜん》としたよ。なんでも、お中元にはランクがあんだと。蜂蜜で喜ぶあたしは、まだまだ青いらしい。そういえば某有名作家がいってたような気がする。S社からナポレオン二本セットを貰ったと。

「……ナポレオンなんだな」

あたしは歯ぎしりをして唸《うな》った。
「ナポレオンを貰ってこそ作家なんだな」
雨ニモ負ケズ
風邪（こっちのほうが怖いよな）ニモ負ケズ
イツノ日カ、〃ナポレオン〃ヲ贈ラレル
ソウイウ人ニ、アタシハナリタイ
あたしは蜂蜜をなめながら、書く、書く、書く。そしていつの日か、あたしのもとに三越のラッピングがされた大きな荷物が届くのだ。箱を開けると、燦々《さんさん》と金色に輝くラベルが二つ並んでいる。そんな空想をしていたら、田中ちんはまたいった。
「まだまだがんばんないと、シェルターには入れませんよ」
S社の地下には核シェルターがあるという。収容人員は二百人。優秀な編集者が百名、作家が百名入ることになっているらしいのだ。ほんとかよ。嘘くせーと思ったが、念のため誰が入る予定になっているのかを訊いてみた。
「××さんと××さん、××さんも決定でしょう。××さんはシェルターの奥深く大事に閉じこめておきます」
もちろん、いつまで聞いていてもあたしの名前は出てこなかった。ちょっと、いったいあたしはどうなんのさ。がんばる気はあるの。ほんとにあるの。でもノストラダムスの予言だと、世界の終わりは今年じゃん。間にあわねーよ。あたしは考えていったよ。

「でも、そのメンバーで子孫を増やしてかなきゃいけないじゃん。あたしゃ、身体は丈夫だし、ばんばん子供も産めるし」

お得だよ、とつけ足していったが、田中はいい返事をしなかった。厭な気持ちになり、早々と電話を切った。田中の話によれば、各編集者が、自分が担当している作家の中でいちばん才能があると見込んだ者を一人だけ推薦するシステムになっているらしい。だいたい田中が優秀な編集者百人の中に選ばれるかどうかもわかんないじゃん。たぶん、嘘だ。きっと嘘だ。嘘に違いない。あたしにもっといい小説を書かせようとする編集者心ってやつか。〃飴《あめ》とムチ〃のムチか。だから、蜂蜜を贈ってきたのか。田中ちん、わかりやすすぎる。あたしはそんなに単純な人間ではない。

でも、なんかとっても不安な気持ちになるの。あたしは昼寝してるダーリンを起こしていったよ。

「核シェルターにしとくれ」

エッチして一年目の記念日に、なにかプレゼントをしてくれると約束していたのだった。ダーリンはすぐさま、それは無理、といった。しゃーねーな。やっぱ、最初に頼んでおいた〃生ビール製造器〃にすっか。

ここ最近、暑い日がつづいている。朝、昼、晩、なにかにつけては生ビールを飲むためにあたしは外に出る。缶ビール、瓶ビールじゃ駄目だ。原稿の締め切りは迫ってる、でも、生ビールを飲むためには外出しなきゃなんない。あーうー。おしっこは近くなるしさ。それで思いついたのが〝生ビール製造器〟だ。これさえあれば、家でじっくりと腰を据えて小説が書けるじゃん。ナポレオンを貰うためには、〝生ビール製造器〟を買わなきゃいけないということだ。

よく考えりゃ、変な話だよ。おんなじ酒なのにな。まるで、この仕事みたいだよ。あたしの本の隣に並べられた同じ刊行日、同じ値段、同じぶ厚さの人気作家の本が、次の日、本屋にいくと、そっちの山だけ半分になってたりするもんな。歯ぎしりしながらそれを見て「間違ってあたしの本を買え」と柱の陰から念じているけど、一時間見張っていてもそんな人間なんかいねーでやんの。一回手に取った本を、戻すなっつーんだよ。柱の陰から頭を下げて、

「毎度ありがとうございました」

と出ていったあたしはいい恥かいた。六本木の〝あおい書店〟だよ。青いナイキの帽子被ったあんただよ。一回手に取ったら、そりゃあ、縁がある本なんだから、普通、買うよ。心の余裕がないのかね。ポケットの中に手を突っこんでみたら、あーら不思議、サインペンまで用意してたよ、あたし。かっこ悪いったらありゃしない。

かっこいい女流作家を目指すなら、生ビールじゃないかもな。でも、こう暑くっちゃ、

やっぱり生ビールだよ。あたしは冷房が苦手だし。だいたい汗っかきってのが悪いんだよ。こまめに水分とらなきゃ、ひからびて死んじゃうよ。鼻の頭に汗かいてる女流作家なんて、想像できん。

だから、みんな夏には軽井沢《かるいざわ》の別荘にいくのかな。あ、これは漫画に出てきた〝女流作家〟の話だった。ほんとうはどうだか知らんけど、軽井沢なら夏でも涼しいから、ブランデーを飲むにはちょうどいいじゃん。ロングドレスを着て、パソコンに向かうのだ。そうすりゃ、小説に〝玉袋〟なんて単語は出てこないよ。仕事に疲れたあたしは、ロッキングチェアーに座って、ブランデーグラスを傾ける。すると、電話がいきなり鳴る。ダーリンからだ。

「なにしてんだよ」

低い声でダーリンが囁く、

「いまから、いってもいいか」

「いまから？」

ダーリンは、ふふ、と笑い、

「もう近くまで来てんだよ」

あたしはブランデーグラスを握ったまま、慌てて玄関に走り、ドアを開ける。すると携帯電話を握りしめ、いたずらっ子のような表情をしたダーリンが立っているのだ。左手は身体の後ろに隠している。あたしは顔を近づけ、ダーリンにキスしようとする。いきなり目の前が薔薇の花でいっぱいになる。ダーリンが左手に持っていた薔薇の花束をあたしに渡す。

あたしはダーリンに夢中で抱きつく。ブランデーがこぼれる。ダーリンは手についたブランデーを、あたしの瞳を見ながらゆっくりと舐《な》める。

「薫、抱いて。早く抱いて」

あ、いけね。〝小林薫〟のこと考えて書いてたのが、バレちまったよ。

あたしはまた寝室にいった。ダーリンはあたしがやって来た気配に気づき、瞼《まぶた》も開けずにいった。

「核シェルターは買わないよ」

軽井沢に別荘、といいたかったが、これもどうせ無理なのでいわなかった。

「ロッキングチェアーとガウン」

とあたしはいった。ダーリンがあたしを無視するので、あたしはダーリンの身体を揺さぶった。そして、なぜ、ロッキングチェアーとガウンが欲しいのかを説明した。ダーリンはいった。

「先にブランデーだろう」

ダーリンはワイン好き、あたしはビールかウイスキーなのだ。たしかに、うちにはブランデーはない。けれど、ダーリンから貰いたいわけじゃない。あたしは物を書く人間にとって、出版社からブランデーを貰うということが、どれだけ名誉なことであるかを説明した。ダーリンは面倒くさそうにいった。

「ナポレオンが贈られてきてからでいいじゃん。そんときは、お祝いに虎《とら》の毛皮の敷物も買ってやる。寝かせてくれ」

S社の社長様へ

小説の出来不出来はともかく、あたしほどナポレオンが贈られてくるにあたっての心構えができている人間はいないと思います。核シェルターの一件もふくめて、温かい配慮のほど期待しております。

結婚いたしました

「人生は根性とパッションで切り開いていくものなのね」

とさらに強く感じたあたしだった。

一九九九年、八月十八日。あたしは結婚いたしました。できました。ああ、幸せじゃあ。

思えば、占い師という占い師がまるで呪《のろ》いでもかけるようにあたしに告げたのだった、「仕事に生きろ。結婚は難しい」と。親までもがあたしにいった、「寂しい人生にならんよう、貯金だけはしとけ」と。だが、あたしは持ち前のガッツ、根性、パッションで、とうとう夢を実現させたのである。

この世の中やってやれないことはない、とまた一つ証明できたわけだ。小学校時代、七夕の短冊に「お嫁さんになりたい」と書いた覚えがあるから、野望の実現まで二十年ぐらいかかったことになるか。その間、あたしはつき合った男たちにいいつづけた。「結婚してくれ、結婚してくれ、結婚してくれ」と。

初恋の男に結婚を迫ったとき、「なんで？」と驚かれたあたしだった。二人目の男に迫ったとき、「きみとはヤダ」と断られたあたしだった。いや、もっとさかのぼって、幼稚園時代おままごとをしていたときだ。あたしは〝ワタナベコウジ〟くんの奥さん役をやりたいといった。事前にほかの子をお菓子で買収していたので、その役はあたしがゲットできるはずだった。しかし、コウジくんはいった。

「ユヅじゃヤダ。ミサキちゃんがいい」。がーん。

そういう苦い思いをしながらでも、あたしは諦《あきら》めなかった。「ザ・ウエディング」や「ゼクシィ」を買いつづけ、捨てられても捨てられても新しい恋に希望を持った。その根性が、やっと実ったのである。

あたしは毎年正月に改訂する〝室井佑月人生年譜〟を机の上に置き、腕を組んで眺めてみた。

(この年譜も来年は改訂する必要がない)

そう思うと涙がこぼれた。だって、毎年毎年、その年に結婚することになっていたんだもん。でもさぁ、こうやってしみじみ年譜を見てみると、あたしの人生、そんなに悪くないみたいだ。きっと、守護霊さまがぴったりと背中に張りつき、あたしを守ってくださっているに違いない(byつのだじろう『うしろの百太郎』)。いまんとこ思い通りの人生を歩

んでいるし。たとえば、

一九××年、レースクィーン……八カ月でクビ。

一九××年、モデルになる……エロ雑誌（裸）。

一九××年、女優になる……エキストラに毛が生えたような役（裸になってすぐ殺される）。

若干《じゃっかん》、予定とは違っているけど、これぐらいの違いならいちおう計画通りだよな。ポジティブシンキングの〝斎藤澪奈子《みなこ》〟さまなら、そうおっしゃってくれるに違いない。なのに、どうして結婚だけはできなかったのだろう。こればっかりは、かすりもしなかった。いまとなっては不思議でならない。

羨《うらや》ましがらせるためにあたしは、結婚してくれなかった男のところに電話をかけてみた。

「結婚するからさ」

あたしがそう告げると、男は、

「披露宴はすんのかよ」

と訊ねた。はは－ん、あたしのウエディングドレス姿が見たいんだな。自分が着せることができなかったから、心残りに思っているのだな。でも、いまは友達になってるからって、昔の男を披露宴に呼ぶのはまずいよ。それは結婚してくれたダーリンへの仁義に反してるよ。あたしは丁重に断った。

「気持ちはわかるけど、ダーリンに悪いからさ」

　しかし、男は食い下がった。

「おまえとつき合っていたのなんて、遠い昔のことだからいいじゃんか」

　感動。つき合っていたときは、デートの約束は忘れる、あたしの誕生日も忘れる、貸した金は忘れたふりして返さない、酷《ひど》い男だった。だけど、別れたいまでもあたしの幸せを願っていてくれてたのね。あんたはあたしのこと幸せにしてくれなかったけど、大丈夫、あたしきっと幸せになるから。再び涙がこみあげてきた。

「写真撮って見せるから」

　あたしはいった。すると男は、

「え、なんのこと？　おまえ〝水島裕子〟ちゃんと友達になったっていってたよな。披露宴では、ぜひ隣の席にしてくれ。おれ、昔っから彼女の大ファンなんだよ。サイン貰おうっと」

　あたしは暗い気持ちになり、無言で受話器をがちゃりと置いた。

（男は、男だけは、うまくいかん）

　一瞬、弱気になりかけたあたしだった。けれど、すぐに思い直した。

（でも、結婚できたんだしな）

　そう、そうだよ。あんな男に電話したのが間違ってた。だいたい、あの男は昔から馬鹿だった。その上、足も臭かった。あたしの後ろについている守護霊さまが、あの男とは縁を切るようにおっしゃっているのだ。あたしはもう一度電話をし、

「負け犬の遠吠《とおぼ》え！」

と怒鳴り、通話を切った。一九九九年八月十八日を過ぎたいま、男の気持ちでさえ根性とパッションで変えることができると、あたしは信じている。

だから、おとつい友達と酒場にいったとき、隣の席の女三人組が、

「努力しても駄目なことがある」

と愚痴《ぐち》っていたのを聞き流せなかった。どうも、彼女たちは職場の人間関係や婚期について悩んでいるようだった。あたしはグラス片手に隣の席へちょっとずつ近づいていった。

そして、相手があたしに気づいたところで、

「ヘーイ、きみたち、情熱が足りないぜ」

と教えてやった。三人は無言で顔を見合わせ、早々に帰っていった。きっと、家へ帰って泣きながら人生について考えたはずだ。我ながらいいことをしたと思う。

これかもしれない！　あたしは思った。頭の中に閃光《せんこう》が走った。

ほんものの作家は一生に一つは、その作家でなければ書けないものとぶつかるらしい。

結婚を夢見て二十年で、あたしは結婚できた。作家になりたいと思ったのは三年前だから、いまの情熱が持続できれば、あと十七年で、あたしはほんものの作家だと胸を張っていえ

るようになるに違いない。ファンからうるうるした目でサインを求められ、

「室井先生みたいな作家になりたいです」

とかいわれちゃったりするのだ。その頃あたしは、四十半ば。有名作家になったら絶対買おうと思っているブラックミンクのロングコートやダイヤモンドのチョーカーが、嫌みでなく似合う歳だ。

〝室井佑月人生年譜〟をめくってみる。十七年後というと、二〇一六年か。ええと、その年は、あたしが産んだ二番目の女の子（美人）が、宝塚歌劇団に入団する年だな。子育ても済んで落ち着いたあたしは、ほんとうに書かねばならないものに出会うのだ。それは、世の中の迷える小羊たちのための『成功への道のり』というＨＯＷ・ＴＯ本なのだ。『根性の巻』と『パッションの巻』と上下二巻の本がいい。『根性の巻』は赤い表紙、『パッションの巻』は金色の表紙だ。表紙をめくると、満開の薔薇の花をバックにしたあたしの顔写真がある。その本は、

「あなたは人生に悩んでいますね？」

という言葉からはじまるのだ。そして、あたしはつづける。

「でも、もう悩む必要はありません。この本に出会えたあなたには輝ける未来が待っているのです」

本の付録に、〝室井佑月オリジナル人生年譜〟もつけよう。できる女はみなバッグの中

に、〃オリジナル人生年譜〃を入れているのだ。こりゃあ、大変だ。世の中に室井佑月ブームが巻き起こるよ。

そんな大作をいっきに書くのは難しいので、あたしはいまから『根性の巻』の第一章を書きはじめてみることにした。

「恥ずかしがることはありません。夢は口に出していいましょう」

と書いたところで、携帯電話がけたたましく鳴った。「小説すばる」の徳永さんだった。

「どうして家の電話に出ないんですか？」

「すみません、手が放せなくて」

「なにしてるんですか？」

パソコンに向かっています、とあたしは小声でいった。嘘はついてない。徳永さんはわざとらしいため息をつき、

「今月はバイク便を出さなくてもいいんですね」

と念を押すみたいな怖い声でいった。ひぃぃ。四月から連載している小説、いつもぎりぎりになっちゃうんだよね。今月もきっとそうなる。浮かれていて、まだ一行も書いてない。間にあうだろうか。不安な気持ちもあって、あたしはいった。

「今月は短くなりますが、結婚記念ということで許してください」

「それとこれとは話が別です」

徳永さんが冷たくいい放つ。電話が切られた。

あたしは〝人生年譜〟の二〇××年を見た。徳永さんが編集長になり、前々から可愛がっていたあたしを引き立てる、と書いてあった。そりゃあないな、と思った。だから思い切って、線を引いて消した。徳永さんは情なんかに左右されないもんね。べつに徳永さんが編集長になっても、あたしの人生には関係がなさそうだ。

というわけで、『成功への道のり』の出版社は決まっておりません。なお、〝室井佑月人生年譜〟によると、『成功への道のり』はミリオンセラーということになっております。「ぜひ、うちの会社で」という先見の明を持った出版社の方がいましたら、連絡をください。

「サインください」

親愛なる読者のみなさま、九月二十五日（一九九九年）発売、室井佑月の新刊、『Ｐｉｓｓ』はもう買っていただけたでしょうか？　ビートたけし氏絶賛！　生きるのに飽きたらムロイを読め！　クレイジーな愛と性を描く最新作品集！　買って損はございません!!……ねえ、みんな、お願いだから買ってえぇん。千五百円ぶん、本代だけでいいから、室井に愛を恵んでえぇん。本が売れて増刷がかかんないと、カードの借金が払えないのよぉぉ。

じつは、初版印税はとっくに出版社に前借りして使ってしまったあたしであった。そのことを、まったく忘れていたのであった。新刊の金をあてにして、独身貴族の女友達と台湾旅行にいき、蟹《かに》だの、からすみだの、旨《うま》い飯をたらふく食ってきたのであった。帰国後、肥《こ》えた身体にジーンズのファスナーが閉まらなくなり、ワンサイズ大きいジーンズを買いにいったのであった。

そのとき、たまたまコジャレた洋服屋を見つけ入ってみた。まだ十代と思《おぼ》しき洋服屋の店員は、あたしの顔を見るなり、

「もしかして、室井さんではありませんか？　サインください」

というのだった。あたしは腰を抜かさんばかりに驚いた。なぜ、あたしなんかのことをご存知なんですか？　たしかに、「ａｎ・ａｎ」のウエディング特集にも出たし（自慢）、ＮＨＫのＢＳ放送「古寺巡礼」にも出たし（自慢）、目立ちたがり屋のあたしはそういう仕事の依頼は断んないから、最近露出が多い。でも、数えるほどだ。ということは、あたしって、けっこう印象深い女なのかしら？

店員は胸の前で両手を握り、あたしをじっと見つめている。あたしも店員を見つめ返す。彼女のうるんだ瞳は、あたしへの愛に満ち、きらきらと輝いて宝石のようだった。あたしは全身が暖かい光に包まれていくのを感じた。背中に羽が生え、宙に浮かんでいくような気がした。少女漫画のワンシーンみたいに、もしいま目の前に車にひかれそうな子猫がいたら、あたしは危険をかえりみず車道に飛び出していたことだろう。あたしなんかのこと、知っていてくれてありがとう。あなたは、きっといい子ですね。

「雑誌とかで見かける室井さんて、いつもカジュアルな服装ですよね。あれって、自前なんですか？」

店員があたしに訊ねる。あたしは彼女が喜びそうな言葉を必死で探した。洋服屋に勤めているぐらいだから、お洒落《しゃれ》な子なんだろう。あたしが二十四時間、ほとんどパジャマだということがわかったら、がっかりするかもしれない。風呂にも入らず、パジャマで小説を書いていることを知ったら……。あたし=お洒落、というのが正しい答えに違いない。

あたしは言葉を濁していった。

「素材が……」

「素材、といいますと?」

「あたし、肌が強くないでしょ、そういうこと考えると無難にカジュアルな服装になっちゃうのよ」

ほんとうはあたしほど肌の強い女はいないんじゃい。蚊に刺されて掻《か》きむしった肌には、化繊でも、藁《わら》でもへっちゃらこいだ。飲んだくれて化粧を落とさないなんて、日常茶飯事。しかし、それをそのままいってどうする。プロレスラーじゃないんだから。あたしの作品には、繊細でエキセントリックで美しい女しか出てこないのよ。それはもちろん、書いている本人がそう見られたいからなのよ。あたしの作戦では、あたしのファンはあたしのことをそう思っているはずなのよ。

「室井さんて、想像していた通りの方です」

店員はにっこりと微笑んだ。やった、やりました。ファンの期待に応《こた》え、室井佑月、ホ

ームランを打ちました！　と頭の中で誰かがアナウンスした。アナウンスの声に重なって、

「カジュアルな室井さんもいいけど、違った室井さんも見たいかなぁ、なーんて」

と店員がいった。そして、身を折り曲げ、きゃはは、と笑った。その姿があまりに可愛らしかったので、あたしはついつい見とれてしまった。昔のあたしを彷彿《ほうふつ》させるような美少女が、あたしにもこんな時代があったのだ、と自分の世界に入りこんでしまった。あたしは全国のまだ会ったことのないファンたちを思い浮かべた。

あたしは貝殻の椅子《いす》に座り、そのまわりを薄い羽衣を纏《まと》ったファンたちがふあふあと飛び交っている。歌う者、踊る者、みな口々にあたしの名前を囁く。ムロイさん、ムロイさん、こっち見て。そして、あたしがそちらを向くと、みな鈴の音のような声で笑いだすのだ。

「室井さん、室井さん」

店員に名前を呼ばれ、再び現実に戻ったとき、あたしの腕には一着の洋服が掛けられていた。

「こういうの似合うと思うんです」

その後はご想像の通りです。逆転負けです。あたしは十代の小娘にしてやられたのでした。

着ていくとこなんかどっこもない、シルクジョーゼットのドレスを買わされた。財布の中に三万五千円入っていると安心したのもつかの間、金額は十万をはみ出ている。

（ま、いっか）

あたしは新品のアメックスプラチナカードを出した。

（あたしなんかの名前を知っていてくれたんだし）

しかし、カードを店員に差し出す手は震えていた。あたしはとり返しのつかないことをしているんじゃないか、そんな思いが頭をかすめた。

紙袋を持たされて、店を出た瞬間、あたしは店員にサインをしていないことに気づいた。追っかけてくるかもと思い、ゆっくりと歩いた。けれど、そんな気配はない。とうとう自宅へつづく路地を通り越し、横断歩道を三つ渡った。そしたら、目の前に〝ラフォーレ〟があるじゃあーりませんか。

（十万も、三十万も一緒だよ）

あたしの耳元で悪魔が囁きだした。ええ、あたしは堰《せき》を切ったように買って買って買いまくりましたとも。原稿料生活者の庶民（作家の世界では印税生活者が王様）だということを忘れて。

そうなの、カードが悪いの。持ち合わせがなくても、買い物できちゃうじゃん。結婚して、家族カードをくれたダーリンが悪い。だいたい、あたしはカード初心者なんだから、ラがふたり一日中つきっきりで見張っていてくんないと。ホステス時代も売れないタレント時代もきちんと税金払ってないから、カードを作ることができなかったんだよ。親はある事情により、逃亡者のような生活を送っているから保証人になれないし。

ホステス仲間と某毛皮店の閉店セールにいって、五十万のリンクスの毛皮を買うときも、あたしは現金勝負だった。そんなあたしに、友達は呆れてこういった。

「田舎の不動産屋のおっさんみたい」

だけど、よくいえばおおらか、悪くいえば大雑把《おおざっぱ》な性格のあたしが、いままできちんと社会生活を送ってこられたのは、カードを持っていなかったからだと思う。カードを気軽に作っていたら、いま頃ソープに沈められていたに違いない（by『ナニワ金融道』）。

カードの支払いは来月、ダーリンの口座から落ちるらしい。あたしはまだそのことをダーリンにいっていない。今回は謝って、払ってもらうか。いや、いや、夫婦といえどもそんな借りを作るのはイヤだ。だいいちあたしは、共稼ぎをいいことに、結婚してもいっさい家事をしてないのだ。つーか、できないのだ。使えない女なのだ。あーあ、生理がきちまったしな。妊娠でもしてたらなぁ。まさか、まさか、子供の母親を捨てるなんてことはしないだろうに。ここ二、三日、あたしはダーリンに捨てられる夢ばかり見る。

その日もうなされて、起きたら朝の五時だった。あたしは部屋に掃除機をかけだした。

すると、ダーリンが目を擦《こす》りながら起きてきた。

「こんな時間になにしてるの?」

「悪い妻だったと反省してる」

「この部屋はジュータンなのに、掃除機が〝床・畳モード〟になってるよ」

ダーリンが掃除機の柄を指していう。が━ん。〝さくらや〟で四千五百円で買ったバーゲン品のくせして、そんな生意気な機能がついていたとは……。あたしは掃除機を投げ出して、ダーリンに抱きついた。

「なぜ、あたしを好きになった?」

あたしは訊ねた。

「性格がいいからかな」

ダーリンが答える。

「それはそうだけど、そこじゃなくて」

「ピュアなとこかな」

「それもそうだけど、そこでもなくて」

「……可愛いから」

「そう、そこだ!」

あたしは叫んだ。

「ごめんね、観賞用の役立たずで」

新婚のあたしたちは朝から燃えた。しかし、カードの借金のことはまだ告白していない。離婚なんてことになったら、心が乱れていい小説が書けるわけがない。ああ、どうしたらいいんじゃい。

読者のみなさま。室井佑月、頭を深く垂れてお願いを申しあげる次第です。どうか助けると思って、『Ｐｉｓｓ』を買ってくださいませ。いつの日かベストセラー作家になるまで、どうか室井を温かいお心で育ててくださいませ。あなたの清き、尊き千五百円を室井佑月著『Ｐｉｓｓ』に賜《たまわ》りますよう、心からのお願いでございます。

ドリームジャンボクイズ

今回で「青春と読書」での連載も十一回目となった。好き勝手なことばかり書いて小遣いをいただいてる身のあたしに不満などあるはずはないが、不安ならある。はたして、この連載を読んでくださっている人はいるのか……という不安だ。

「青春と読書」は他社の宣伝誌よりも部数が出ている、と聞いた。しかし、いくら部数が出ていても、あたしのページが読み飛ばされていれば仕方ない。以前、「青春と読書」で連載をされていた先輩に、〝群《むれ》ようこ〟さんと〝さくらももこ〟さんがいる。お二人のエッセイ集はばんばん売れているから、連載の話がきたとき、あたしは「うほ、うほ、勝ったも同然」とガッツポーズをしたのを覚えている。手を抜かず一生懸命に原稿を書いていれば、一年ぐらいで本になる。そのとき、お二人につづく新しいスターが生まれるのね、とほくそ笑んでいた。しかも、「ａｎ・ａｎ」からも連載エッセイの話がきた。「ａｎ・ａ n」といえば、超有名人、憧《あこが》れの〝林真理子〟さんが連載をしている雑誌である。自分の未来に林さんを重ねてみる。いいなぁ。あたしは田舎の友達に電話をかけまくり、

「ようやく、花ひらくときがやってきたのよ」

泣きながら訴えた。友人たちは、

「へえ」

とあたしが熱く語るほど、白けきった応対をした。出版部数の渋いあたしの小説なんて、田舎の本屋にはどっこも置いていないからさ。あたしがなにをやっているか、なんで飯を食っているのか不思議に思っているやつらばっかりだ。あたしの友達に、取り寄せてまで小説を買って読むような殊勝《しゅしょう》なやつは一人もいないし。

はっきりいって、よっぽど売れている作家（印税生活者）以外は小説で飯を食うなんてことはできん。小説誌の原稿料なんて微々《びび》たるものだ。エッセイで小金を稼ぐしかない。女性誌や週刊誌は小説誌の倍の原稿料だし、新聞なんて三倍はくれる。

ライターやってる友人の〝あかね〟とは、毎月書いている原稿の枚数も、容姿の美しさもおなじぐらいだ。けれど、小説誌の仕事をしているあたしと、雑誌の仕事をしている彼女とでは、稼ぎ高が違う。そして、稼ぎ高が違うと寄ってくる男の質も違う。なんだか納得できんが、それが事実だ。あかねが新しい服を買うたびあたしは、きいい、と唸って歯ぎしりをしている。昨晩もあかねから電話がかかってきて、

「仕事で出会った××さんにご馳走《ちそう》になっちゃったよ」

と自慢をこかれた。××さんとは著名人でダンディーなおじさまだ。

「ふうん。よかったじゃないよ」

腸《はらわた》が煮えくりかえるような思いだったが、平静を装って答えた。あかねは調子に乗って、年代物のワインを飲んでそのラベルを貰ったとか、フレッシュ・フォアグラが舌の上でとろけそうだったとか、しなくていい説明をしはじめた。あたしは話を遮《さえぎ》っていった。

「あんたはラッピングの状態がいいから」

「え？」

「おなじ種類のメロンが二個あるとします。片方はプラスチックのザルの上にのっています。もう片方は桐《きり》の箱に入っています。さて、どちらが美味《おい》しそうに見えるでしょう？」

「なんなの、それ」

あかねは大きな声を出した。あたしのイヤミが伝わったらしい。その後、一時間ぐらい、どちらがいい女か、という話題で盛り上がった。結論は出なかった。

いや、もうすぐ結論は出る。この調子で仕事をしていって、有名になったら洋服もがんがん買う。お洒落して、あたしは生まれ変わる。青山通りをしゃなりしゃなりと歩いていると、××さん（いまはまだ面識はありません）が外車を歩道に横付けにしてあたしに声をかけてくるのだ。

「お嬢さん、一緒に食事にいきませんか」

ゴージャスなフランス料理の店に連れていってもらう。フォアグラを食いながらワインを飲む。記念にワインのラベルを貰って帰る。あかねを呼び出し、一、二の三、でラベルをテーブルの上に提示する――ってなことを考えていたが、あたしはほんとうに売れっ子エッセイストになれるんだろうか。分不相応に与えられたチャンスを生かせるんだろうか。あたしの不安はぬぐえない。

なぜならば、あたしはこのページを使って、読者の方々に再三にわたりお願いごとやお知らせをさせていただいてきた。しかし、まったく反応がないのだ。援助したいという人も（まあ、これはないか）、あたしを受け入れてくれるという大学も、『成功への道のり』を出版したいという出版社も現れない、が－ん。

小学生の頃、グループで泥棒をしてもひとりだけ見つかるようなガキだった。中学生の頃、学校のアイドルにバレンタインのチョコを渡し、ひとりだけ笑い者にされたこともある。大人になってからは映画館でオナラ（すかし）をし、前の席、横の席、後ろの席の人間に一斉《いっせい》に注目された。ミス栃木にもなったし、学芸会では主役の子狸《こだぬき》の役もやった。いつも、どんなときでもあたしの人生で、無視されたなどということはない。

ああ、あたしはようやくわかりかけている。あたしは無視されるのが嫌いなのだ。我慢ならないのだ。『嵐《あらし》が丘』の〝ヒースクリフ〟のように荒野に向かって叫びだしたい気分だ。

「無視するぐらいなら、憎んでくれ！」と。

いや、でも憎まれるのはちょっと……女の子だし。あたし、やっぱり愛されたいの。だから、あたしは考えました。ちょっと汚い手ですが、金品で読者のみなさまの気を引こうと。

さて、この連載であたしは、毎月六万円稼いでいます。全額使うと電話代を払えなくなるので三万円ぶんだけ、いや、三万払うと電気代が払えなくなるので二万円ぶんを、あたしを愛してくださるみなさまに還元したいと思います。

チャラチャラッチャラ〜

【室井佑月プレゼンツ、ドリームジャンボクイズ】

第一問『キン肉マン』に出てくるキャラで室井がいちばん愛しているものは？

A　ラーメンマン

B　ブロッケンJr

C　マンモスマン

第二問　室井の胸には食塩水が入っています。さて、何cc入ってますか？

A　180cc

B　200cc

C　220cc

第三問　高校時代10段階評価で、室井の現国の成績は？

A　1

B　2

C　3

第四問　室井の男性経験数は？

A　1〜5

B　5〜10

C　10〜100

第五問　室井の母の名は？

A　せつこ

B　あきこ
C　まさこ

第六問　室井の初恋の人の名前は？
A　まさる
B　こうじ
C　ひろし

第七問　細川智栄子著『王家の紋章』に出てくるエジプトの王様の名は？
A　メンス
B　メンフィス
C　メンスフィ

第八問　流行の動物占い。室井のキャラはなんでしょう？
A　黒ヒョウ
B　サル
C　ペガサス

第九問　室井がこの世でいちばん好きな食べ物はなに？

Ａ　ゴディバのチョコレート

Ｂ　からすみ

Ｃ　パン粉の少ないハンバーグ

第十問　あなたは室井に好感を持っていますか？　嫌いだという人は傷つくので書かないでください。好感を持っている方だけ、理由をお願いします。

ドリームジャンボクイズ、はがきに答えを書いて送ってください。抽選で一名に、室井が自腹を切って、すばらしいプレゼントをお贈りします。

（注）第十問の答えだけは、教えておきます。イエスです。なお、全問正解者が当選するとは限りません。第十問に重きを置いておりますので、そこのところはご勘弁ください。

妊娠いたしました

室井は読者のみなさまに謝らなくてはいけません。いえね、べつに黙っていても問題ないことかもしれんのですけど……。もしかすると、勘のいい方だけが気づいていて、それほど勘の鋭くない方は気づいてないかもしれません。なので、あたしも黙ってよっかな〜っと思ったり、また考え直したり。でもね、もうすぐ年末、一九九九年の垢《あか》は一九九九年に落としておきたいじゃないですか。

読者のみなさまごめんなさい。

前回のエッセイは、まるで手抜きでした。あれで原稿料貰うのは恥ずかしいのではないか、と室井も重々反省しております。だから、「室井佑月？　ああ、最近つまんないよね」とかいわないでくださいまし。いいものもちゃんと書いているんですから。いまんとこ当たりの確率のほうが高いんですから。実はある事情により、力の十パーセントぐらいしか出せなかったの。その事実というのは……。

あたし、妊娠しちゃいました。ただいま三カ月、つわり地獄まっただ中。ベッドとトイレを往復する毎日です。食っちゃ、吐き。食っちゃ、吐き。便器に顔を突っこみ、鼻水を垂らしながら「おおお〜」と今日も元気に男らしく（獣らしく）雄叫《おたけ》びを上げています。

いやあ、びっくりした。ああしてそういうことすれば子供ができるなんて、すっかり忘れていたから。遠い昔のことじゃった、保健体育の授業で、雄しべと雌しべがなんたらかんたらなんたらかんたら、と聞いていたのは……。

「妊娠？　だから？　おれ（あたし）には関係ねーよ」

といまあたしに向かっていった？

「ケッ、腹ボテになったから、お粗末な仕事しかできねえ？　甘えるんじゃねーよ」

っていまこのページに唾吐《つば》いた？

いやーん、優しくしてぇん。つわりにもめげず、人類の未来のため、子孫繁栄に一役買ってるんだからん。それに、妊娠・出産を経験したら、室井の仕事の幅も広がるかもしれないでしょ。いままでは〝クレイジーな愛と性〟が売りだったけど（それしか書けなかったけど）、地球に優しい小説が書けるようになるかもしれないじゃん。それに、それに、妊娠・出産て、究極のエンタテインメント小説みたいなものだと思うの。どんなに精密なミステリーのトリックだって、赤ん坊の精巧さには敵《かな》わない。飛び散る汗、血液、涙。人ひとり産むのって、人ひとり殺すぐらい大変みたいなんだ。

それに、それに、それに、目標とする〝林真理子〟さんにどんどん接近してると思わない？「ａｎ・ａｎ」の連載エッセイでしょ、結婚でしょ、妊娠でしょ。あとは知名度だ。

あたしがいちばん欲しいのはそれだ。だけどスキーだって、レンタルウエアだと上達しないじゃん。新品のいかしたウエアを着たら、気分がよくなっておのずと上手《うま》くなるってもんよ。形から入るってのは、ありだと思うね。

よしっ、ウエアは調《ととの》えた。あとは、林さんのようにまっしぐらに作家の花道を驀進《ばくしん》し……といきたいとこだけど、あたしは大きな落とし穴にはまってしまったのである。

つわりだ。つわりがあたしを虐《いじ》めるの。あーあ、次に出す本こそはベストセラーになる予定だったのに、これじゃあ無理かもしれん。一時間に三回もトイレにいってたら、原稿なんて書けないっつーんだよ。どうしよう。このままではまずいことになっちまう。それでなくても集中力がないっつーのに。とにかく仕事先に連絡を入れねば。まず小説だ。

エッセイは妊娠の不平不満をぶつければいい。親の仇《かたき》のようにＭａｃのキーを叩くのだ。そういうのが当たって、「面白いじゃん」と思われることなきにしもあらずだ。「こんなドジしちゃった。テヘッ」という、臍《へそ》のゴマをつついてモジモジうつむくようなかわいこぶったエッセイより、ずっといいとあたしは思うね。

だけど、セックスシーンが売りの小説はしばらく無理だ。つわりでレイプシーンなんか書けないいっつーんだよ。フェラチオという言葉を書いただけで、すっぱいものが喉元《のどもと》にこみ上げるっつーんだよ。

あたしは某小説誌に電話を入れた。担当者は外出してたので、編集長に〝つわり休暇〟を貰えるようお願いした。編集長はいった。

「きみ、たまに嘘つくんだって？」

あたしは押し黙った。たしかに。あたしはその場しのぎで、すぐにバレそうな嘘をつく。先日は担当編集者との待ち合わせの時間に一時間も遅れ、つい口から、

「地震が……」

という言葉が飛び出した。台湾の地震報道をテレビで観ていて、遅れたのだ。日本全国、その日は地震、起こってねーっつーんだよ。担当編集者の冷たい視線を感じ、あたしはいい直した。

「神経症の一種でしょうか。身体が揺れるんです」

我ながら、小説家っぽいイカした言い訳だと思った。しかし、担当編集者はいった。

「先月ぼくが貸したミステリーの主人公、たしかそういう少女だったよね」

そして、「ははは……」と脱力して笑っていたっけ――。

「その手は食わないよ」

編集長はきっぱりした口調でいった。くそっ。担当め、ちくったな。あたしは意味もな

く笑って、電話を切った。

それからあたしは、もう一つ別の小説誌にも電話を入れた。担当編集者は、いきなりあたしにいった。

「今度はちゃんと締め切りを守ってくださいね。室井さん、最近、ぎりぎりなんだから」

「あの……」

「はい、はい。締め切りは来年の一月、ちゃんと月末には入れてくださいね」

「はい、あの……」

「テーマいいましたっけ？『アブノーマルなセックス』」

「えっ？」

「だから『アブノーマルなセックス』ですよ。わかりますね？普通じゃないやつ」

「ああ、はい」

「それじゃあ。あれ？室井さん、なにか用だったんですか？」

「いえ、べつに……」

「じゃあ、お願いします」

「あっ、はい」

つられて電話を切っちまった。ひええ、なんて気が弱いんだろ、あたしって。結婚、妊娠、出産、と健康まるだしで生きているあたしが、「アブノーマルなセックス」なんて書けるわけねーっつーの。仕方ない。心を落ち着けてから、もう一度電話することにしよう。

あたしは、手帳を見た。あっちゃー。写真家の英隆《はなぶさりゅう》さんにも電話をしなきゃならない。

実は、あたし、ダーリンの親友の英さんに撮ってもらってヌード写真集を出す予定になっていたのだ（㊟乳輪が日に日にどす黒くなっていき、断念しました）。こんなにゲロゲロやっていたら、撮影はできないし、つわりがおさまる頃にはお腹《なか》も出てるだろうし、英さんにも早いとこ事情を説明しておかなきゃならない。

「もしもし」

「はい、英です」

「あの、室井ですけど」

「ああ、ユヅちゃん。いいとこに電話してきたね。いいアイディア、思いついちゃったんだよ。ユヅちゃん、青森出身でしょう？　雪の中を裸で転がるっていいと思わない？」

「……はい」

「それでね、もっと詳しく説明したいから、今週末ご飯一緒に食べない？　創作和食料理のうまい店見つけたんだよ」

結局、なにもいえないまま、週末一緒にご飯を食べにいく約束をしてしまった。創作和食料理……あたしは唾液《だえき》をごくりと飲みこんだ。吐いてばかりいるから、いつも腹が減っているのだ。腹が減ったとき、満腹なとき、気持ち悪さはピークに達する。急がねば。

あたしは台所にいって、立ったままどんぶり飯を食った。のりたまと、梅干しと、納豆をかけたものだ。鍋《なべ》に入った味噌汁の残りがあったので、冷えたままのそれもかけた。英さんがいっていた創作和食料理とはこんなもんじゃないんだろうな、と思いながら二杯食った。

居間のソファに座り腹を撫でていると、津波のように気持ちの悪さがあたしを襲った。あたしはトイレにいって吐いた。納豆くさいゲロだった。すべてを止《よ》して、どこかへ消えたい。どこかって？　便器を抱えながら、いつまでもあたしは考えていた。

一九九九年、懺悔《ざんげ》、終了。来年のあたしに期待してくだされ。

尻の野薔薇

痔《じ》が痛い。妊娠したら強力な便秘になって、痔が発病（と、いうのかな？）した。いや、妊娠はきっかけにすぎない。物書きとしてデビューして三年、印税生活の億万長者を夢見て、もとい、世知辛《せちがら》い世の中で人々の心の拠《よ》りどころになれるよう、身を粉にしてがんばってきた。

ある妊婦雑誌に書かれていた。「妊婦の大きなお腹は、子孫繁栄のためがんばっている、女の勲章なのです」と。ならば痔は、清く正しく真っ直ぐな心で芸術に挑む、物書きの勲章ともいえるのではないだろうか。だから、あたしは胸を張っていおう。

「痔になりました」

と。大声で空に向かって叫ぼう。

「痔に市民権を！」

と。どうして？　風邪とか、花粉症とか、外反母趾《がいはんぼし》は告白できるのに、痔は黙ってないといけないの？　犯罪でも犯したように下を向いて生きていかなきゃいけないの？　〝ヒサヤ大黒堂〟が悪い。日本でいちばん有名な痔の薬の会社、いってみれば痔のオピニオンリーダーじゃない。なのに、

「誰にもわからないよう梱包《こんぽう》し、お届けいたします」

って、いったいどうしてだ？　なんで痔持ちの人間に、劣等感を植えつける？　リーダーとして、痔をファッションにしてしまうぐらいの意気込みが欲しいよ。だいたい成人した日本人の約七割に痔の気《け》がある（ほんとか？）と聞く。だったら、痔じゃない人間のほうが背中を丸めて生きてゆくべきだ。

あたしが〝ヒサヤ〟の社員だったら、もっと攻撃的商売をするよ。老舗《しにせ》なんだから。日本一なんだから。電話帳を開き、片っ端から電話をかけるのだ。七割も痔持ちがいるんだから、〝ヒサヤ大黒堂〟と名前を出すだけで、すげなく電話を切る人はいないはずだ。

「未来派現代人の世論調査をしています。あなたは今年のインフルエンザにかかりましたか？」

「はい」

「あなたは花粉症ですね？」

「はい」

「もしかして、外反母趾の手術もなさいましたか？」

「はい」

「最後の質問です。あなたはもちろん痔持ちですね？」

　ここまでくると、痔持ちじゃないのは、なんだかヤバいかなって気がしてくる。きっと、電話の相手の人間は、明るく弾んだ声で叫んでいるはずだ。

「オー、イエス！」

「すばらしい。あなたこそ現代のカリスマでしょう。つきましては我が社から新製品一ケースを無料で送らせていただきます」

　ぐらいの勢いが欲しい。テレビCMをがんがん流し、もちろんアイドルを起用する。

「Hello G! ナイスチューミーチュー」

　風呂に入り、素っ裸になったあたしは、鏡の前でお尻のほっぺを左右に押し開いてみた。暗い谷間の奥底に、野薔薇が一輪、いまにも開こうとしておりました。紅《あか》い蕾《つぼみ》……その小指の爪の先ほどの姿は儚《はかな》く、しかし凛《りん》とした気高さのようなものを持ち合わせているのです。

　うつくしい。

　あたしは花びらを壊さないよう、そっと人差し指の腹で撫でました。

「痛、痛、くそっ、痛《いて》ぇっつーんだよ」

飛び上がりながら、ダーリンの仕事部屋へ走った。

オールヌードのあたしを見て、ダーリンはぎょっとした。

「パンツぐらい穿いてきなさい！」

それどころじゃないんだってば。あたしは訊ねた。

「きれいで悲しいものって、なーんだ？」

ダーリンは腕を組み、少し考えてから答えた。

「……薄幸の美少女」

はぁ？　いかにもな中年男の答えです（ダーリンはあたしより二十歳年上の純文学やってるおっさん）。

「薄幸の美少女ってなんだ？」

あたしはまた訊ねた。

「折れてしまいそうなぐらい身体が細く、肌は透き通るように白く、烏《からす》の濡《ぬ》れ羽色《ばいろ》のロングヘア、黒目がちの目、病弱であまり外に出ることができない、家でピアノを弾いている」

目眩《めまい》があたしを襲う。眉間《みけん》を押さえた。だっから、あたしの豊満な身体を見ても、なんにも反応しなかったわけだ。じゃあ、なんで、ボン・キュ・ボン、ダイナマイト・ボディのあたしを選んだんだよ。どっちかっていうとあたし、宮崎駿系の美少女じゃないじゃん。

モンキー・パンチ系じゃん。ダーリンはオードリーのファンだけど、あたし、モンロー系じゃん。「あんたはあたしの本質をまるでわかっていない。長所を見逃し、短所の部分で夢を見ている」と文句をいいたくなったが、いまあたしがいいたいのはそのことじゃない。話がずれるので黙っていた。

「そんな女、どこにいる？　捕獲してきて見せてくれ」

あたしが詰め寄ると、ダーリンは黙ってしまった。あたしは話をつづけた。

「小説や映画の世界のことをいってるんじゃないよ。あたしがいってるのは、あくまで現実でのこと。形があり、目に見えるもののことをいってるんだよ」

正しき小説家のダーリンは、現実より幻想を好む。しかし、あたしたちは、というか人間は、飯を食い、糞《くそ》をひり出し、つまらない嘘をつき、つまらない見栄を張り……そういうことをくり返しながら生きているのだ。

いつまでも少年のように夢を追うダーリンが好きだ。そこが好きで結婚した。だけど、夢で腹は膨れないっていってんだよ。どうして絶対に当たりそうもない馬券に何十万も張りこむかね。何万もする汚い古本を何冊も買うのかね。

あたしはダーリンにお尻を向けた。両手で、谷間を開いた。ダーリンは、顔を伏せ、

「しまいなさい！」

「いや、現実の世界にも、きれいで悲しいものがあることを証明する。それはあたしが持

っている」

「早くしまいなさい！」

しばらくいい合いになった。

「いいから見て！」

あたしは大声を出した。ダーリンはそろそろと顔を上げた。

「あっ、痔だ」

そして、いきなりリアリストに変身するのだった。

「きみ、病院いった？　病院いったほうがいいんじゃないの？　悪化すると手術だよ。麻酔かけないから、ものすごく痛いんだよ」

〝きれいで悲しい持ち物〟を持ったあたしは、うつくしく哀《かな》しい笑みを浮かべるしかなかった。

痔……。それ自体、あたしはまったく恥ずかしいと思わない。あたしの持ち物は愛らしい形をしているし。痔……。けれど、その汚らしいネーミングがいけない。

『栄光のエンブレム』

尻の野薔薇を、そう呼んではいけないだろうか？　アイスホッケーの青春映画に、そんなタイトルのものがあった。

あたしは、険しい作家道に紛れこんだ、一匹の小羊。芸術世界の、ちっぽけな迷い子。

尻に咲いた一輪の野薔薇の蕾があたしの心の支え。それは、輝ける世界の底辺に必死でしがみつくあたしの勲章。あたしの宝石。昴《すばる》のかけら——。

目を閉じて　何も見えず
哀しくて　目を開ければ
荒野に向かう　道より
他に見えるものはなし
嗚呼《ああ》　砕け散る
運命《さだめ》の星たちよ
せめて密《ひそ》やかに　この身を照らせよ
我は行く　蒼白《あおじろ》き頬のままで
我は行く　さらば昴よ

一曲、歌っちまった。心に染みいるいい歌だ。来週には〝ヒサヤ大黒堂〟から、薬が届くだろう。それであたしは『栄光のエンブレム』を磨くのだ。

さて、話は変わりまして、〝ドリームジャンボクイズ〟にたくさんのご応募ありがとうございました。十一月（一九九九年）いっぱいで締め切りとさせていただいて、二十通ほどのお便りがありました。

「エッセイの中で室井さんは、自分をおとしめ、さも常々自分がそのようであるかに見せています。室井さんのような人こそ、ほんとうに優しい人なのだとわたしは知っています」（山形県のSさん）

「なぜ、好きか？　それは美人だからです」（静岡県のTさん）

「室井さんがダイヤモンドのように光って見える」（大阪府のNさん）

「ふつうの女の子なら室井さんに憧れるでしょ。お姉さまって呼んでいいですか」（東京都のWさん）

「きれいなのに性格も良く、小説も書けちゃって……」（東京都のSさん）

「頭脳明晰《めいせき》、眉目秀麗《びもくしゅうれい》、才色兼備、パーフェクト！」（神奈川県のMさん）

ありがとうございます。ありがとうございます。

二十人のお方が、いいえ、ダーリン、両親、友達、二十八人もの人が、室井のことを愛してくれているということがわかり、感涙にむせんでおります。

世紀末を迎え、環境汚染、人口爆発、地球温暖化、エネルギー危機……たくさんの不安はありますが、少なくともこの二十八名の方は幸せな日々を送れますよう、室井は祈っております。毎日祈ります。二十八名のみ、限定の幸せを……。

残念ながら全問正解の方はいらっしゃいませんでしたが（正解は全部B）、女・室井佑月、二十名の方全員に、プレゼントをお贈りしようと思います。

なお、人数が増えたため、プレゼントの中身は多少せこいものになっておりますが、怒らないでぇん。愛してる。チュッ。

ダーリンたら意気地なし

内田春菊《うちだしゅんぎく》さんのお家に、赤ちゃんを見にいった（春菊さん、そのせつはありがとうございました）。産まれたての赤ちゃんを見たのは、はじめてだ。なにもかもが小さくて、ううっ、なんて可愛いんだろう。春菊さんがそばにいなかったら、あたしはそのちっこいゲンコを思わず自分の口の中に入れていただろう。我が家にも、六月末（二〇〇〇年）には赤ちゃんがやって来る。いつの間にかお腹に赤ちゃんが入っていたなんて。あたしはなんてついてる女なんだ。

一緒に春菊さんの家にお邪魔したダーリンもたいそう感動して、それからは仕事の合間に、ご飯の途中に、おもむろにあたしの腹を撫でては、

「早く出ておいで」

とおなじことをいう。そりゃあ、あたしだって早く出したいけどさ。六月って決まって

んだから。それに、いま産まれてきたら大変だよ。赤ちゃんもあたしも病院送りだ。そのくせ、ダーリンたら、意気地がないでやんの。

春菊さんが出産ビデオを観せてくれたんだ。あたしはすっごく感動した。赤ちゃんの産声。臍の緒を切る赤ちゃんに、心配そうにずっと話しかけている春菊さんの旦那《だんな》さん。そして、なによりも赤ちゃんを産んだ瞬間の春菊さんの優しいとろけそうな笑顔。作家の先輩として華やかな春菊さんにめちゃくちゃ憧れてるから、やっぱ真似《まね》っこできることなら(作品で真似できればいちばんいいんだけど)、なんでも真似したいじゃないの。

「決めた！」

と、あたしはいった。

「あたしも出産ビデオ撮る」

なのに、ダーリンたらノリが悪いの。

「ってことは、出産に立ち会うの？　それはちょっとなぁ……」

たぶん、血を見たり、あたしが呻《うめ》いているのを聞いたりするのが怖いんだな。ダーリンはホラー映画もぐちょぐちょものは苦手だし。だけど、あたしはもう決めた。

「ダーリンは作家なんだから、なんでも見たり、体験したほうがいいに決まってるよ」

とかなんとかいってダーリンをいい含めた。それにさ、いい保険になる、ウッシッシ、って思ったの。

あたしは某出版社から来年、出産本を出すことになった。将来、子供がおっきくなってから「お母さんは、こんなふうにしてあんたを産んだんだ」と見せることもできるし、育児ってけっこうお金がかかりそうだから、印税をそれに当てられるし、「イエーイ、一石二鳥」ってやつだ。

でも、なんだかさ、筆が進まんのですよ。面白おかしく書こうと思ったけど、あんまり茶化したことを書いたりすると、おっかない婦人団体から文句いわれそうでしょ。だからって、あたしがシリアスに書いたって、意味ないじゃん。そんな出産本なら、あたしが書かなくてもどっかの偉い学者さんが書いてるはずだもん。そんなこと期待されてないのはわかってる。だいたい、担当者のNさん、サブ・タイトルの話してて、

「こんなあたしでも産めました」

とか、

「猿でも産める（猿は簡単に産めるっつーの）赤ん坊」

とか、どうして出てくんの？　あたしの何を知ってるわけ？

もしかすると、あたし、酒も煙草もやらない、エッチもしない、優等生妊婦かもしれないじゃん。いや、予想どおり、酒も煙草（減らしてるけど）もエッチもしてんだけどさ。なーんか、感じ悪ーい。Nさんたら妊婦マニアで、あたしの家を覗《のぞ》いてるんじゃないんだろーな。

そのNさんから原稿の催促の電話がかかってくる。でも、原稿は思うように進まない。

「はうっー！　どうしたらいいんじゃい」と毎日頭を抱えてた。

待てよ。もし仮にあたしが書けなかったら、ダーリンが書きゃいいんじゃないの。どうせ仕事柄、毎日べったり一緒にいるんだから妊婦の生態もわかってんだし。あたしはダーリンにそういった。

「だから、ぜひ、クライマックスの出産シーンは見とかないと」

そしたら、ダーリンは、

「でも、もし本が当たってもきみの手柄にはならないんだよ。大変な思いをして大きなお腹で生活するのもきみだし、痛い思いして出産するのもきみなのにさ」

「え……」

あたしは黙りこんだ。さすが、あたしの夫。ダーリンはあたしの性格をよく知っている。あたしは人に注目されることや、誉《ほ》められることが好きだから、この道を選んだといっても過言ではない。というか、そのために生きているといってもいいすぎではない。ちょっとでもその可能性があるならば、ぜひ、自分の手柄にしたいとこだ。あたしはダーリンに訊ねた。

「当たるって、どんくらいの確率で？」

「そんなの誰にもわからないよ」

そりゃそうだ。本が出版されると、毎回、その結果が出るまでの数日、あたしは白昼夢を見る。顔なじみの編集者があたしの手を取り、

「よくやった。よくやった」

と涙を流さんばかりに喜んでいる夢だ。いつも怒ってばかりいる担当の編集者にも、

「室井さんのおかげで臨時ボーナスが出ました。ありがとう」

とかいわれているのだ。ほかにも、友達全員を引き連れて豪快に飲みにいってる夢。ファンに囲まれ、サインを求められる夢ってのもよく見る。

ま、いつも夢だけで終わるけどさ。いい本なのにな。面白い本なのに……。三刷、四刷はいく。だけど、〝爆発的〟売れ行きになったことは、まだない。小説家を志しているなら、〝爆発的〟を目指さなくてどうする。生活が安定してて、銀行が気軽にお金を貸してくれるサラリーマンじゃないんだから。

本を一冊出すのに、原稿用紙で最低二百三十枚いる。おなじ二百三十枚原稿を書くなら、〝爆発的〟のほうが嬉しいじゃない。幸せじゃない。あたしも少ない知恵を絞り、その野望を達成するためいろいろ考えているんだけどなぁ。

いきなりですが、ここでなぞなぞです。

Q・室井の処女本のタイトルはどうして『熱帯植物園』なのでしょうか？

A・都内の本屋Aでリサーチした結果、売れている本の多くに「熱」という文字がついていることがわかったのです（例、『熱帯安楽椅子』『悲しき熱帯』『微熱少年』）。そこで、わざわざ小説に熱帯植物園のシーンを入れてみました。

Q・室井の二作目の小説のタイトルは、どうして『血《あか》い花』なのでしょうか？

A・都内の本屋Kでリサーチした結果、ロングセラー本のタイトルは「あ」ではじまっているものが多いことがわかったのです（例、『あ・うん』『悪魔が来りて笛を吹く』『暗夜行路』）。「血い」と書いて、わざわざ「あかい」と読んでもらうことにしました。

Q・室井の三作目の本のタイトルは、どうして『Ｐｉｓｓ』なのでしょうか？

A・都内の本屋Ｓでリサーチした結果、時代の波に乗り遅れてはいけないと思ったからです。勢いのある本のタイトルは英語だとわかったのです（例、『ＯＵＴ』『ＡＮＩＭＡＬ　ＬＯＧＩＣ』）。

ま、いろいろとやってみました。最近です、そういう小技に、あんまり意味を感じなくなってきたのは。確率よく〝爆発的〟を狙うなら、いいものをたくさん書くしかないようです。宝くじだって、五枚買うよりは、百枚買うほうが、当たる確率が高いわけです。馬券も、一点買うよりも、総流しのほうが、当たる確率は高いですし。隠し玉（出版する本）が多ければ多いほど、的《まと》のど真ん中に当たる確率だって高くなるってもんです。

「やっぱり、あたしが書くよ」

あたしはつぶやいた。

「当たり前でしょ」

ダーリンが威張って答える。きいい、わかってるってーの。そりゃあ、あたしが引き受けた仕事なんだから、あたしが書いて当然だ。でも、いつの間にか、あたしの頭の中でだけだけど、その仕事はダーリンがやればいい仕事になっていたんだもん。あたしがそうこぼすと、ダーリンはため息をついた。

「きみ、頭の中で勝手に話を作らないでくれる？」

（……あたしの中の小説家の血がそうさせてしまうのだろうか）

あたしはいい合いになると面倒くさいので口には出さなかったが、そう感じていた。やっぱり、あたしは作家に向いているのかもしれない。それに自分は、もしかすると売れるかも、もしかすると誉められるかも、というスケベ心を、結婚して妊娠したからって簡単に捨てられそうもない人間だということもわかっている。

月曜になると、妊婦マニアのNからまた催促の電話がかかってくる。Nがあたしの手を取って、

「室井さん、あなたはすごい。あなたはほんものでした」

と涙を流す図を想像してみる。うん、うん、なかなか気持ちがいいじゃない。あたしは観念して、パソコンの前に座った。締め切り、六時間前。

方位はナメちゃいけないよ

「作家の花道・栄光への序曲篇」も連載十五回目となった。連載開始の頃は六本木の七畳一間で、野心をふつふつと燃やしていたあたしだった。その頃のことが、まるで遠い昔のように感じられる（もちろん野心をなくしたんじゃなくて、六本木の七畳一間時代のこと）。この一年と三カ月の間に、あたしは二回も引っ越ししてるんだもん。そして、今回、またまた三度目の引っ越しをすることになったんだもん。

失恋をして、代々木のマンションに引っ越し、結婚が決まり、ダーリンが住んでいた原宿に引っ越し、赤ん坊ができたので、中野区の沼袋《ぬまぶくろ》に引っ越すことになりそうだ。これが決まれば、連載開始から一年と三カ月の間に、四回も住むところが変わることになる。モンゴルの遊牧民より、移動が激しいかもしれない。

はじめから話すとですね、上京して十年、杉並の永福町《えいふくちょう》に住み、文京区白山《はくさん》の不動産屋の二階に住み、同じ白山の八百屋の二階に越して、それからその八百屋の三階に越して……。その間にも、我孫子《あびこ》の友達の家に居候したり、中野に住んでいる男と同棲《どうせい》したりしたから、上京して十年でゆうに十回は住むところが変わっているということになる。働いても働いても一銭も貯金ができないわけだ。あたしは趣味なんかないし、ブランド品にも興味がないし、グルメじゃないし、週に一、二回酒を飲みにいくぐらいで、お金が出る所はあまりないのにな。

この一年と三カ月は、結婚・妊娠で〝わらしべ長者〟的に幸せになっていったからいいが、それまでの引っ越しの理由は男がらみが多い。と、いうと恋多き女みたいでかっこいいけど、はっきりいえば失恋だ。失恋すると、あたしは住まいを変えたくなる。いや、すべてを変えたくなる。

男に捨てられた足で泣きながら本屋に走り、「住宅情報」を買ってくる。物件を見ている暇も惜しいので、本に書いてある値段と間取りだけで住まいを決める。決めたらすぐさま不動産屋と契約書を交わし、タクシーで移動する。家具は洗濯機と卓袱台と仲長けん引器「ガリバー号」だけだ。男との思い出が染みついた布団は捨てる。男の好みだった服は段ボールに詰め、宅配便で栃木にいる従妹に送る。洗濯機は大家と相談して、その家に置いてくることが多い。もしも、あたしがさっき書いた場所のワンルームの物件で、洗濯機つきの部屋だったら、それはあたしの洗濯機かもしれない。渋谷の〝さくらや〟で、あたしは結局、三台も洗濯機を買ってしまった。

まあ、そんな昔のことはどうでもいいや。とにかく次の引っ越し先だ。あたしは今年、北西にしかいっちゃいけないらしい。占いの本に書いてあった。占いをすべて信じるわけじゃないが、ここんとこ幸せ一直線のあたしは、悪いといわれることはしたくない。それにさ、ホステス仲間のKちゃんがいうんだよね。

「方位だけはナメちゃいけないよ」

六本木に住んでる頃、引っ越ししたてのKちゃんが顔を腫《は》らして夜中に家にやってきたことがある。Kちゃんは、同棲していた男がシャブ中になって、夜逃げするように家出したばかりだった。後からわかったのだが、同棲をはじめたマンションの方位が悪かったらしい。それに、引っ越した先の方位も悪かったらしい。すぐに男に見つかって、ぼこぼこにされたというのだ。あたしはその男に一度だけ会ったことがある。真面目そうで優しい男だったんだけどな。

それからKちゃんはまた引っ越しをした。男にまた見つかるんじゃないかとビクつきながら。でも、今度は占い師に方位を見てもらった、といってた。その後すぐだ。シャブ中の男は新しい彼女をつくり、Kちゃんにしつこくしなくなった。まっとうな人間に戻り、Kちゃんのいい友達になったという。嘘のようだがホントの話だ。

だから、あたしは方位が悪いといわれると、Kちゃんの青痣《あおあざ》を思い出して震える。ダーリンがいきなりシャブ中になったら……厭だ！　ダーリンは大人しい男だが、そういう男ほど、シャブにのめりこむってＫちゃんがいってたっけ。

それで、なにがなんでも北西というわけだ。地図の上に原宿から北西にまっすぐ線を引いたら、渋谷区の初台《はつだい》駅と、中野駅と、鷺ノ宮《さぎのみや》駅と、石神井公園《しゃくじいこうえん》駅にぶつかった。

「わーお」

あたしは思わず叫んでしまった。それって、鬼門の間違いじゃないの？　だって、中野っていったら、あたしと結婚してくれなかったケチくさい男がふたりも住んでいる場所だ。石神井公園っていったら、ダーリンがあたしの前の奥さんと暮らしていた場所だ。寒い。寒すぎる。

中野駅周辺と石神井公園駅周辺は、ＮＧだよな。あたしとダーリンは「住宅情報」で初台駅近辺と鷺ノ宮駅近辺の賃貸物件を調べた。これといった物件はなかった。いま住んでいる原宿のマンションより広くて、同じくらいの家賃か、少しだけ高いところを。いま住んでいるところは、場所も気に入ってるし、値段もリーズナブルだけど、どうしてもあと二部屋はいる。赤ん坊の部屋と書庫のぶんだ。

あたしとダーリンは一万五千冊の本に埋もれて住んでる。全部、ダーリンの本だ。こう本が多くちゃ、あたしたちの家とはいえないんじゃないの、と思うほどだ。本が住んでる家に、あたしたちが居候させてもらっているという感じだ。本の上で食事をし、本の上で仮眠をとって……。このままじゃ、赤ん坊が這《は》い出したとき、とり返しのつかない事故が起きるよ。死なないまでも、赤ん坊の柔らかい頭に本が落ちてきて、平たい頭になったりして。長方形でやけに横幅のある顔になったりして。学校に入ったら、「ハンマー」とあだ名されて虐《いじ》められたりして。

赤ん坊を人質にとっているあたしは、気をでかくしてダーリンにいった。

「少し本を処分しなよ」

するといつもはへらへら笑ってあたしの意見を聞いてくれるダーリンだが、急に〝本宮ひろ志〟の漫画の主人公のような顔つきになった。

「それはできない」

股《また》を肩幅ほど開き、目を見開きながらきっぱりといった。ふんどしと日本海の荒波が似合いそうだった。九州男児といった感じだ（ほんとは広島人のくせに）。だったら、こっちも九州女ですたいっ（ほんとは青森だけど）。あたしはトレーナーを脱ぎ捨てて乳を出した。妊娠してFカップになった迫力ある乳を。

「あたしは無趣味で金がかからん。ダーリンも少しは見習え！」

自慢じゃないが、あたしら、ど貧乏だ。貯金なんかない。健康だけが財産だ。ダーリンは前妻への莫大《ばくだい》な慰謝料を抱えてるし、お互いのジジ・ババもまだ死にそうもない。今回も引っ越し費用は銀行から借りなくちゃならない。質素を美徳とするべし。あたしはダーリンにいった。

「趣味の時間を持てぬよう、牛馬のごとく働くべし！」

「だから、そうしてるでしょう。でも、ぼくらの仕事はなんなのよ」

「……物書き」

「きみ今年に入ってから、何冊本を読んだ？」

あたしはそれ以上、なにもいわなかった。ダーリンは本の評論もしているから、このまま話しつづけていると、あたしの書いた小説の欠点を話しだすかもしれなかった。あたしは誉められるのは好きだが、けなされるのは嫌いなんじゃい。あたしのお腹がぐう、と鳴ったのをきっかけに話を変えることにした。

「お昼とっくに過ぎてるよ。お昼食べた後、ファックス送ってくれた不動産屋にいってみようよ。初台駅と鷺ノ宮駅から少しずれた場所なら、まだたくさん出物があるっていってたじゃん」

お昼を食べた後、あたしたちは手をつないで不動産屋にいってみた。物件の図面を見せてもらって、もう一度、初台駅周辺と鷺ノ宮駅周辺を探した。だけど、やっぱりいいものはなかった。一件だけ初台で気に入った貸家があったがばか高い。新宿と渋谷から近くて場所もいいし、広さも２００㎡もある。でも、ものすごく高い。とてもとてもそんな物件を借りられる余裕はないのだが、こんな法外な値段を取る物件はどんなもんかと野次馬根性を出して、あたしたちは見せてもらうことにした。

その貸家があるところは、いわゆる高級住宅街と呼ばれるような場所なのかもしれない。その貸家も豪華だったが、まわりの屋敷もみんな豪華だった。帰り道、不動産屋があたしたちに訊ねた。

「どうでした？」

あたしは答えた。

「気に入りましたけど、予算より二十万円ほど高いです」

不動産屋は口にこそ出さなかったが、「二十万円ほど高いって、あんたら、それってほとんど借りる気なんかないんじゃん」と呆れた顔をしてた。悪いことしたな、とあたしは思って、不動産屋を笑かすために、

「ここらへんの大きな家、どんな人たちが住んでいるんですかね。かたっぱしからチャイムを鳴らしていって、娘と息子はいりませんか、と訊ねてみましょうか。もしかすると大家族で暮らしたい天涯孤独な老人がいるかもしれない」

不動産屋はくすりとも笑わなかった。その代わり、

「ちょっと方位からずれるかもしれませんが、沼袋にいい物件があります」

と、いった。沼袋……。聞いたこともない地名だ。沼に袋、なんだかじっとり湿ったエッチな感じがする。でも、野次馬根性で不動産屋に無駄足を踏ませたあたしとダーリンは

断りづらかった。そうこうしてる間に、あたしたちを乗せた不動産屋のメルセデスは沼袋へと向かってゆく。

メルセデスが大きなお屋敷に横付けされた。不動産屋が勧めてくれた物件とは……、あたしとダーリンが思わず唸《うな》ってしまうような変わったお屋敷だったのだ。

新居はアメージング！

沼袋に引っ越して最初の夜だ。原宿から、ここ中野区の沼袋に引っ越しすることに決めてから、もう二カ月もたっている。ほんとうはもっと前に引っ越してるはずだった。だけど、仕方なかったのだ。

だってさ、原宿のマンション、「引っ越しする」って大家さんに二カ月前に伝えなきゃならないの。そんなこと契約書に書いてあるの知らなかったんだもん。普通は一カ月前じゃないのかーっ！　一カ月分とはいえ、二軒の家賃を払うなんてもったいない。だから、もう一カ月、原宿に住むことにしたんだ。ダーリンは、

「べつに一カ月早く引っ越してもいいじゃないの」

ってぶつくさいってたよ。その話をした友人たちも口を揃《そろ》えて、

「この、しみったれ！」

とあたしのことを罵《ののし》ったけど。ええい、なんとでもいってくれ。どうせ、あたしはしみったれ。イヤなの、耐えられないの、そういう無駄金を使うのが。きっと、あたしの身体に流れる血が許してくれない。

——その昔、あたしの親戚は、姉妹でコーヒーショップを経営し、一財産稼いだのだった。進駐軍が飲んでいたコーヒーの出涸《でがら》しをゴミ箱からただで集め、もう一度こしたものを店で出していた。日本人には、まだコーヒーが珍しかった頃だ。店は流行《はや》りまくったらしい。人件費ほぼゼロ、仕入れ代ほぼゼロ。まさに、アイディア勝負の一本勝ち。いまでも親戚が集まるとその話をする。我が一族でいちばん偉いのは、元銭なしで金持ちになった人間なのだ。

高校を卒業した後、いろんな職業を転々とし、やがて紙とペン（いまはＭａｃだけど）だけで生活できるようになったあたしも、ほとんど元銭がかかってないので偉いといえば偉い。だけど、同い年の従妹のＴにはかなわない。Ｔは中学を卒業した後、水商売をし、そこで金持ちの男を見つけて結婚した。マンション一棟と、ガソリンスタンドと、ゴルフの練習場を持ってる男だ。最低限の元銭しかかけていない。

こんな親戚の中で、「大学にいきたい」なんて口走ってごらん。しかも金のかかる私立大だったりしてごらん。「親不孝もん」とみんなから悪口をいわれるに決まってる。とにかく親戚の中では、元銭をかけずに生活の基盤を作る→子供をばんばん産む→その中の誰かが成功する↓その上前をはねて余生を過ごす、というのが最高の生き方とされている。みんな、競走馬のオーナーみたいなもんだ。血統のいい馬は高い。それは当たり前だ。けれど、たまに地方競馬からオグリキャップみたいな馬が出てくるじゃんか。そんなに血統はいいはずないのに、ばんばん稼いじゃう馬がさ。そういう馬（子供）のオーナー（親）がいちばん偉いとされている。だから、親戚の中では、Tが、そしてTの母親がいちばん偉いのだ。

そんな血を色濃く受け継いだあたしだ。やっぱ、無駄金を使うなんて耐えられんのです。それにさ、契約を一カ月延ばしても、まだ誰も沼袋のその物件を借りてない自信があった。ダーリンは、

「誰かが借りちゃうよ。きっと」

と一カ月間、夜も眠れないぐらい心配してたけど。ほーら、やっぱり誰も借りてなかったじゃん。あんな家を気に入る物好きな人間、ダーリン以外いないって。だって、普通じゃないもん、あの家。

中野区の沼袋という庶民的な住宅街に建ってるくせに、変にロココ調なの。ローズピンク色のバスタブ、ど紫のビデ、ステンドグラス……。居間には天使の彫り物を施した金色のでかい鏡がはまってるし、そしてなんと照明は、全室クリスタルの蠟燭《ろうそく》が突き刺さったバースデーケーキのようなシャンデリアだ。豪華っていえば豪華だけど、そんな部屋を見

慣れないあたしには、まるで川崎のラブホテルにしか思えない。丸い回転ベッドがあれば完璧《かんぺき》じゃんか。

不動産屋と部屋を見にきたダーリンも壁に飾られた金色の仮面を見て、腕組みして唸っていた。

「うーん。広いことはたしかに広いんだが……」

不動産屋が詰め寄る。

「この広さでこの値段の物件はなかなかありませんよ。条件はすべて満たしてますし」

あたしたちが不動産屋に出した条件とは、
一、方位（原宿から北西）。
二、一万五千冊の本が収納でき（トラック四台分もある）、それでも床が抜けない家。
その二つだけだった。たしかに、家は広かった。２５０㎡もあって、その上大きな庭までついている。不動産屋はだだっ広い倉庫のような居間の中央に立ち、両腕を広げた。

「見てください、この居間。三十三畳あるんです。ほかの部屋だってすべて十五畳以上ありますよ。これなら、いくらでも本棚が並べられます」

「うーん。広いことは広いんだが……」

ダーリンは馬鹿のひとつ覚えのように、同じ言葉をくり返した。不動産屋がいう。

「でしょ。こんな広い空間、普通の家にはありませんよ。オーナーがダンスサロンに使っていたくらいですから、床も丈夫ですし」

「ええっ！　ダンス……サロン」

あたしは大声を出した。

「オーナーって日本人ですよね」

「ええ。そうですが」

うーん。あたしは考えこんでしまった。社交ダンス好きの日本人なら数人知っている。しかし、自宅にダンスサロン？　あたしの想像を超えた人種だ。いったい誰を呼んで、どんなダンスパーティーを開いていたんだろう。あたしは蠟燭の突き刺さったシャンデリアを見つめた。おお、アメージング！　あたしとダーリンと不動産屋の三人はめくるめく世界に迷いこんでくらくらしていたのだった。

「面白いっちゃ、面白い。だけど……ここで豚カツや鯖《さば》の塩焼き食べたり、テレビのワイドショー観たり、ちょっと想像できないなぁ」

あたしはそっとつぶやいた。不動産屋は聞こえないふりをしていた。ダーリンは聞こえていたはずなのに、

「決めました、ここに」

といきなり叫んだ。マジかよ。

「冗談でしょ」

「だって、面白いじゃないの」

ダーリンは鼻息を荒くしていった。ああ、そうだ。こいつはそういう男だった。だから、誰からもプロポーズしてもらえなかったあたしを貰ってくれたんだった。そのことには感謝してる。だけど、なあ。あたしのことはいいとして、こういうことをそんな理由で選んでいいのだろうか？

しかし、決定権はお金を払うダーリンにある。ダーリンは一度いいだしたら、聞かない性格だ。かくして、あたしたちはその普通じゃない家を借りることになったのだ。

実は、この話にはもっとすごいオチがついている。めでたく沼袋の家を借りることになったダーリンは、あたしの実家に電話をしてつい口を滑らせた。

「いやあ、とっても広い家なんで、（ゆくゆくは）みんなで暮らせるといいですね」

そう、舞い上がって〝ゆくゆくは〟ってところを会話に入れるのを忘れてた。やばいよ、ダーリン。あたしの両親なんて、とっくに世の中捨ててる人間なんだから。余生の楽しみはこれから生まれてくる孫にしかないんだから。それに、田舎もんで社交辞令なんて知らないんだから。それに、それに、最近、従妹のTの母親から嬉し泣きの電話がかかってきて、Tの旦那がおっ建てるマンションの最上階フロアに自分の部屋を貰ったって自慢話を聞かされたばっかなんだから。ほーらね、

「で、いつあたしらはそこに引っ越していけばいいんですか？」

って、母親から電話がかかってきた。あたしの親父なんて、ダーリンから電話があった翌日、仕事まで辞めちゃったんだから。

「東京いって、新しい仕事探すからいいんだよ」

だって。こっちはよくねーっつーんだよ。知らねーっつーんだよ。でも、もう、その日からはりきって荷作りはじめちゃって、結局、あたしらより二日も早く引っ越すことになった。

あたしたちがはじめての沼袋の夜を過ごす日、先住民の老人二人が、

「いらっしゃいませ」

と、笑顔であたしたちを迎えた。

「疲れたでしょ。どうぞ、お茶でも」

あたしたちが通されたのは、居間でもダイニングでもない、六畳のメーターボックスのある納戸だった。卓袱台と、座布団、禁止されている石油ストーブが置いてあった。

「ここは納戸だよ」

あたしとダーリンはいった。

「知ってるよ。ほかの部屋は広くて寒いんだもん」

母親が答える。

「ほかの部屋にはエアコンと床暖房が入ってんじゃんか」

「お父さんと二人なのに、もったいない！」

あたしとダーリンはそれ以上なにもいわなかった。黙って、埃臭《ほこりくさ》いインスタントコーヒーを飲んだ。

「もう一杯いかがですか？」

母親が満足そうな笑みを浮かべた。まあるい顔。彼女は紛れもなく、あたしの母親に違いなかった。

初の自作朗読会

「すばる文学カフェ」。奥泉光さんに呼ばれた朗読会は無事に終了いたしました。いやあ、楽しかった。想像はしてたけど、人前で朗読するってなんて気持ちがいいんだろう。

　去年のことだ。ダーリンと島田雅彦さんの朗読会にいったのだ。お客さんは両手を胸の位置で組み、目を瞑《つぶ》ってふたりの朗読に聞き惚《ほ》れていた。朗読の合間、ふたりがたいして面白くもない冗談をいう。お客さんは身をよじって笑う。あたしは、お客さんとふたりとの間に愛を見た。ふわふわして暖かい日溜《ひだ》まりを見た。あたしも愛されてみたかった。愛を確認したかった。あたしのやりたいことはこれだ、と思った。

　それからあたしは、担当の編集者にずーっと、ずーっと、

「夢は朗読会なんですけどね」

　と訴えていた。けれど、担当の編集者は、

「そうですか。はは……」

　と力なく笑うばかりだった。

「それはそうと室井さん、次の小説なんですけどね」

　焦ったように、話題を変えようとした編集者もいた。心の中で、「ぺーぺーのおまえの朗読会に誰が来るんじゃい」と思っていたのかもしれない。

　けれど、ようやく夢が叶《かな》った。まあ、奥泉さんの朗読会にダーリンが呼ばれて、妻のあたしがおまけにつけられただけだけどね。そんなのはどうでもいいのだ。参加することに意味がある。

　あたしはその日のために、ニットの透かし編みで腰のところにお花がついたイカしたドレスを買っていた。ドレッシーすぎず、適度にカジュアルで（腰のお花はぺーぺー作家の初々《うい うい》しさを表している）、初朗読会のためにわざわざ探してきたものだ。しかし、悲しいかな、予想より腹がでかくなりすぎて着られなかった。結局、ジーンズのジャンパースカートにした。それしか入らなかった。ダーリンはあたしを裏切って、自分だけスーツで決めていた。会場につくまで、そのドレスが着たかったとぐずっていたら、秘書で義理の娘でもある麻里ちゃんがいった。

「フレンドリーな佑月さんのほうが、みんな好感持ちますよ」

　ダーリンもあたしをなだめるように、

「きみって、近寄りがたいようなところがあるから、そのほうがいいかも」

といった。後日、女友達と電話で話していて、会話の途中で、

「あたしって近寄りがたい感じの女？」

と訊ねたら、「身の程知らず」と笑われた。

「長屋のどぶ板を踏みならして歩いてそうな女、それがあんたじゃん」と。あたしに関して、どちらが正当な評価なんだろうか。〝どぶ板を踏みならす女〟と〝近寄りがたい女〟、だんぜん〝近寄りがたい女〟のほうがかっこいい。やっぱ、ドレスを着たかった——。

そんなことをいってもはじまらん。朗読会の話だ。あたしはいちばん短い小説、「花園マッサージパーラー」を読むことにした。皺《しわ》ババアと弛《たる》みババアが出てくる話だ。おじさんふたりとの朗読会だから、少女が主人公の初々しい話もいいかなと思った。だけど、シリアスな濡れ場を読むってなんだか照れる（あたしの小説にはエッチなシーンが必ずある）。あたしの理想とする女流作家は、ナイーブなガラス細工のような女だから、作者のあたしが少しでもそう思われるように必死で繊細な話を作ってきた。けれど、お笑いも書いておいて正解だった。ジャンパースカートだからな。でか腹だからな。おまけだから……。

それに、後悔していることがもう一つある。あたしの小説には、〝おまんこ〟という言葉が多すぎる。〝おまんこ〟のいちばんポピュラーな名称は、……やっぱり〝おまんこ〟

だ。素直なあたしはよくそのまま使ってしまっている。でも、書くのはいいけど、言葉にすんのは厭じゃん。朗読会に〃おまんこ〃はまずいよ。仕方ないからコーマンと読んでみようかと思ったけど、それもなぁ(結局、〃おまんこ〃を一回、コーマンを一回、使ってみました)。

　一週間前から、何度も小説を音読した。前日は徹夜で練習した(しつこいようだがドレスを着る予定だったので、違う作品を練習していた。じゃあ、意味なかったじゃん、って。はい、その通りです。何度もとちりました)。立ったり、座ったり、ポーズをとったり、必死で練習するあたしを見て、ダーリンはいった。

「きみさぁ、小説を書くのもそのぐらい頑張ればいいのに」

　まったくだ。あたしだってそう思う。それぐらい情熱を傾ければ、すごいものが書けるに違いない。でも、いつも石の下にいる虫のように、家で暗く仕事をしているのだ。たまに、陽が当たる場所に出るのだ。ハッスルしなくて、どうする。あたしはそういった。するとダーリンは、

「きみ、なんで小説家になりたかったの?」

「この糞忙しいときに、そんな難しい質問をしないでくれ」

「糞忙しいって、それはきみだけでしょう」

　ふん、とあたしはダーリンを無視して朗読の練習を再開した。よりいっそうでかい声を

張り上げて。ダーリンが、「明日締め切りがあるから、もうちょっと小さな声でお願いします」といってきたけど、気にしなかった。

朗読会では奥泉さんがフルートを吹き、ダーリンはラップに乗って朗読をした。あたしだけ芸がなかったと思われたみなさん、ちょっと待ってください。ダーリンなんて、ぎりぎりまで原稿を書いていて、ラップのCDを買いにいったのは会場入りしなくてはならない三十分前だ。一回も朗読の練習をしていない。あたしは今回の朗読会のために、二本エッセイの締め切りを遅らせてしまった。その心意気を買っていただきたい！って、いまさらいっても仕方ないんだけどさ。ダーリンに贈られた拍手とあたしに贈られた拍手の量はおなじだった。そういう細かいところを気にしてしまう自分が少し嫌いで、少し好き。

このことも、後で女友達に話した。

「そういう豆腐一丁ぐらいの値段の差を気にするようなところが、〝長屋派〟っていうんだよ」

そうなんだろうか。あたしは〝長屋派〟の女なんだろうか。いや、ダーリンは近寄りがたい女っていってるもん。あたしは、あたしのどういうところを見てそういったのかをダーリンに訊ねてみることにした。ダーリンはそんなことをいったこと自体覚えていなかった。

「ええっ。ぼくそんなこといった？」

「いいました。たしかにいいました」

麻里ちゃんが横から口を挟む。

「佑月さんはいろんな顔を持っているから……」

あたしゃ、『ガラスの仮面』の〝北島マヤ〟だったのか。

「ダーリン、こないだどうして小説家になりたかったのか、ってあたしに訊ねたよね。もしかして、あたしにはもっと向いてる職業があるっていいたかったの？　まったく売れなかったけど、もう一回女優業にチャレンジしてみたほうがいいかしら？」

ふたりは黙ってしまった。そして、何事もなかったようにそそくさと仕事をはじめた。あたしは独り居間にとり残された。厭な感じだ。

あたしはこの親子のそういうところが嫌いだ。適当なことをいい、その場しのぎで生きているようなところが嫌いだ。そう大声で喚《わめ》き散らした。でも、もう相手にはしてもらえなかった。

あたしはこのふたりから、いつも「自分好き」と馬鹿にされている。しかしだよ。母親の腹から生まれてきて死ぬまで、自分は自分だ。他の人間にはなれない。だからこそ、自分について深く考えてしまうのは当たり前のことではないだろうか。自分を愛せない人間が、第三者を愛せるかっつーんだよ。あたしはこいつらを、愛情の薄い人間だと思う。朗読会のとき、ダーリンとの間に愛を育んだみなさん、それは偽物《にせもの》です。ほんわかして温かい真実の愛は、あたしとの間にあったものなのです。

ダーリンは〝ポストモダン派〟と呼ばれる作家だ（あたしには意味がわからんけど）。けっ、なーんかすかした感じ。真実の愛は〝長屋派〟にあるのですよ。たぶん、きっと……。

ああ、真っ赤な薔薇の花を抱え、ウイスキーグラスの中の氷を指でかき回しながら、きどった話を朗読してみたい。売れっ子になったら、生でピアノ演奏が入るようなそういう朗読会を開こうっと。

お花をくださった方、手紙をくださった方、プルーンジュースをくださった方、ありがとうございました。今回のことを励みに、〝長屋派〟の室井は、みなさまの心に染みいるいい小説が書けるよう、より一層、がんばっていく所存でございます。朗読会をビシバシ開いてもらえるような作家に。そのときは、真実の愛を求めにいらしてくださいまし。

日本一の奥さん

ああ、駄目だ。小説が書けん。いや、書いてはいるのだけど、はっきりいって……面白くない。がーん。脳味噌《のうみそ》にまわるはずの栄養が腹の子に取られてるからか、集中力まるでなし。五枚原稿を書くと瞼《まぶた》が重くなってくる。諦《あきら》めてとりあえず昼寝をすると、あーら、それまで書いたストーリーどころか、主人公の名前まで忘れちゃってる。

しかも、落ちこんでるあたしに、担当編集者の冷たいこと、冷たいこと。身重をおして仕事してるっていうのに。わかっちゃいるけど、この業界には努力賞ってのはないのね。

自信がない小説とはいえ、一応、担当の編集者に訊ねてみたのだ。

「どう？」

「うーん、ちょっと……」

「ちょっと？」

「最近ちょっと浮ついてる感じがするなぁ。じっくり身を入れて、書いてないっていうか」

あたしはうなだれて電話を切った。彼がなにをいわんとしているかは、痛いほどわかっている。

最近になって、テレビや企業のPR誌やタイアップ原稿といったおいしい仕事が入るようになった。小説の原稿は一枚四千円から五千円。一本の仕事が三十枚だとして、一カ月かかって十二万から十五万。はっきりいって、それだけじゃボンビー生活からは抜け出せない。しかし、テレビなら拘束三時間で十万円、PR関係なら原稿料一枚三万円は貰える。ここ半年、頭がスースーで本業の小説のほうをおろそかにしてしまったが、そういった仕事は気分転換にもなるし、はりきって取っていた。小説は休んでいたけど、月収はむしろ増えていたぐらいだ。だけど、絶世の美女ってわけでもなし、小説が書けなくなったら、テレビ業界や雑誌だって、声をかけてくれないだろう。小説をがんばって書かないと、あたしの未来も先細りってわけだ。

わかっちゃいるの。わかっちゃいるけど、結婚したらなーんかパワーダウンしちゃってさ。あたしのパワーのいちばんの源、「なにクソ!」ってのがどこかにいっちゃったみたいだ。これまではあたしをゴミのように捨てた男どもを見返してやると思って、涙流して、洟《はな》垂らして小説を書いてきた。でも、ついに結婚できちゃったからさ。あたし、すっかり

〝いい人〟になっちゃったみたい。すべての辛い思い出は水に流しちゃったの。

ダーリンが同業者ってのもいけない。ダーリンは作家歴二十年、あたしはまだ三年のぺーぺー。当たり前だけど、原稿料が違う。それに、手際の良さも違う。短編小説一本を書くのに、あたしはほぼ一カ月を費やす。早くても十日はかかる。ところが、ダーリンは小説一本、二日で終わる。せこいあたしは二人の仕事の時給を計算してみたのだ。わーお、なんでこんなに違うんじゃい。夫婦の財布は一つ。あたしがやっきになって働くより、ダーリンが仕事をちょこっと増やしたほうが断然効率いいじゃんか。ここらで方向転換したほうがいいのかもしれない。そのほうが幸せかもしれない。内助の功とやらを発揮して、ダーリンにバリバリ稼いでもらうのだ。

そう思い立つや否《いな》や、あたしは同居しはじめたコック長の母親（子供が生まれたら乳母頭も兼任）から食費の入っている財布を取り上げ、スーパーに走った。新鮮な野菜と豚肉と鰹《かつお》を買ってきた。その晩の夕食は、あーら豪華、けんちん汁、鰹の叩き、豚のショウガ焼きだ。

「ご飯ですよ！」

あたしははりきってダーリンを呼んだ。

「これみんなあたしが作ったんだよ。これからは毎日、豪華な愛妻料理を作ってあげる。あたし、日本一の奥さんを目指すことにしたからさ」

あたしは背中を反《そ》らした。ダーリンは驚いた顔をしていた。これまであたしは料理を作るとき、フライパン一つか鍋を一つだけ使うことをモットーにしていた。だからいつも料理は一品だけだった。豚汁とご飯、カレーとご飯、筑前煮《ちくぜんに》とご飯、ってな感じ。昔、ある男との結婚を夢見て、料理教室に通っていたことがある。だから、料理は上手だと思う。ただ、後片づけが苦手なだけなの。ダーリンとつき合いだした頃は、一品だけとはいえ頑張っていたんだけどね。ある日、シュウマイを作ったのがいけなかった。具を下ごしらえし、皮を作って、その皮の中に具を入れ形を整えて、それから蒸し器で蒸して……すっごく手間のかかる作業なのに、ダーリンたら口の中にシュウマイを放りこんでたったの一秒か二秒で食いやがる。もっと愛《め》でながら食えってんだよ。あたしはなんだかやる気をなくしてしまった。それからだ。一品さえ作らなくなったのは……。でも、これからは違う。早く食ってもいい。元気にあたしの分まで働いてくれれば。

それから、あたしは毎日はりきって、栄養を考えながら三度の飯を作った。ダーリンの仕事がよりスムースに進むよう、ダーリンの仕事部屋に自分の机を運びこみ、秘書業を自主的にやることにした。原稿ができたな、と思うとダーリンから原稿を奪い、どんどんファックスで送った。電話がかかってくると、もちろんダーリンより先に取って、ダーリンの代わりに返事をした。ダーリンのすぐ隣にへばりついて一日中顔を見つめ、原稿に詰まれば大声で励まし、ワープロの速打ちで額に汗をかいていれば甲斐甲斐《かいがい》しくハンカチで拭《ふ》き取った。夜は夜で、豊満な肉体をフルに生かした（ただいま妊娠九カ月、体重十五キロ増。爆弾腹と爆弾乳）特別ご奉仕。うふふ……。朝から晩まで、あたしは愛のために生きた。そんな日々が一カ月ほどつづいた。三十一日目のことだ。あたしの机が、無断であたしの部屋へと戻されていた。なんで？　なんでなの？　あたしはダーリンの仕事部屋に走った。ダーリンはソファに横になっていた。あたしの気配を察し、瞼だけ開けていった。

「どうも風邪ひいちゃったみたいでさ」

だから、机が戻ってたんだ（あたしの部屋に二人のベッドも置いてあるのだ）。妊婦は薬が飲めないから、風邪をひくと大変だもんね。ああーん、ダーリン、そんな心配しなくていいのよ。ダーリンと違って、丈夫なあたしは滅多《めった》に風邪なんてひかないんだからさ。

「ベッドで寝たほうがいいよ」

あたしはダーリンの両脇《りょうわき》に腕を入れ、ダーリンを抱き起こそうとした。ダーリンは自力でゆっくりと起きあがった。そして、じっとあたしの顔を見つめた。

「ねえ、熱はあるの？　病院にはいかないの？」

ダーリンは重そうに首を左右に振った。

「ほんとうは風邪じゃないんだ。きみさ、いや、やっぱりいいや……」

そこまでいってダーリンは黙った。なんなのさ、いいかけておいて感じ悪い。あたしはそういった。

「……あのさ、きみさ、うーん……」

いいたいことがあったら、口を大きく開いてはっきりとしゃべりやがれ。あたしはダーリンを睨んだ。ダーリンは一瞬、脅《おび》えた子犬のような顔をした。それから諦めたように、ぼそぼそとしゃべりはじめた。

「きみは明るいし、性格もいいし、なにより綺麗《きれい》だ。これまでのきみでも、ぼくはほんとうに満足してるんだけど」

この男はいったいなにをいわんとしているのか。あたしは首を捻《ひね》った。あたしが明るく、性格もよく、綺麗だ、ということに重きを置いてしゃべってるのでないことだけはすぐさまわかった。あたしはしばらくダーリンの顔をまじまじと見つめ、考えた。そして、訊ねた。

「もしかして、あたしの愛が鬱陶《うっとう》しいとか？」

「……いや、だから……そういうわけじゃなくて……」

歯切れの悪いダーリンの口調。完璧に、あたしが鬱陶しいっていってんじゃん！

日本一の奥さんになろうと思った。スランプだったから、小説から逃げたくてそう思ったのかも。その事実は否《いな》めない。けれど、あたしはダーリンをものすごく愛している。ダーリンのためにいい奥さんになりたいって思ったのも、これまた真実なのだ。なのに、なのに……ダーリンたら、酷《ひど》い！

翌日、ダーリンと二人で呼ばれていたパーティーにいった。某スナックの二十周年パーティーだ。二人で出かける気分ではなかったけど、あたしはそのスナックのママが大好きだ。めでたいことだし、どうしてもお祝いしにいきたかった。

タクシーの中で、ダーリンはしきりにあたしに話しかけてきた。けれど、あたしの心は墓場だった。気まずい雰囲気のまま、会場についた。知り合いの姿がちらほら見えた。あたしとダーリンの結婚生活の寿命がそろそろ尽きそうだとわかったら、この人たちはどう思うだろう。けっこう、驚かなかったりして。それはそれで悔しいなぁ。あたしは、喧嘩《けんか》をしてることを気取《けど》られないよう、無理して明るく振る舞った。

ふと、パーティー会場内にひときわ眩《まぶ》しい一角を見つけ、あたしは目を細めた。人の輪の中心には、あの山田詠美さんがいた。詠美さんの本は中学校時代からすべて読んでいる。あたしは夢中でダーリンの腕を摑《つか》んでいた。

「わーお。山田詠美さんだよ。本物だよ。すごいよ」

「きみ、ファンだったよね。紹介してあげようか？」

「え、いいの？　いいの？」

詠美さんは、あたしと気さくに話をしてくれた。感激だ。ダーリンと喧嘩していることは、すっかり忘れていた。なにしろ、本物の山田詠美さんだ。ああ、詠美さんの本を持ってくりゃよかったなぁ。サインが欲しかったのに。

家に帰ると、あたしはさっそく仕事着に着替え、愛用のＭａｃ・Ｇ３に向かった。あたしは初心に返り、小説を頑張ろうと思った。だってさ、家にひっそりと咲く花より、パーティー会場の大輪の花のほうが断然かっこいいもんね。

Ｍａｃに向かって一時間ぐらいたっただろうか、仕事部屋の内線が鳴った。ダーリンだった。

「ねえ、日本茶飲みたくない？」

「なに？　日本茶だと。あたしゃ、忙しいんだよ。でも、淹《い》れてくれるんなら飲んでやってもいい」

ついに陣痛か!?

最近、家族が冷たいのなんのって。あたしは「オオカミ女」と呼ばれ虐《しいた》げられている。なぜなら、たてつづけに「陣痛が来た！」とホラを吹いてしまったからだ。いや、別に本人はホラを吹こうとしているわけじゃない。ほんとうにそう思いこんで、そのたびにパニックになるんだもん。

愛読している妊娠・出産の本に〝お産の近づいたしるし・症状〟という項目がある。そこには、

1、おしるし。

おりものに少量の血がまじったのが、おしるしです。色はピンク色だったり、茶色っぽかったりします。量は下着が汚れる程度だったり、月経のときと同じほどの量が出たりもします。ただし、おしるしがまったくなく、そのまま出産をむかえる人もいます。

2、陣痛。
子宮の収縮により少しずつ痛みはじめ、一定の間隔をおいて次々と痛みがおそい強くなっていきます。生理痛のような、腰がとっても重く感じるなど、その痛みは人によってさまざまです。

3、破水。
子宮内の卵膜が剥《は》がれて、羊水が出てくることです。普通は子宮口が開いて、赤ちゃんが出てくる前に破水します。ただし、陣痛がはじまる前に破水する「前期破水」、陣痛があるが子宮口が十分開かないうちに破水する「早期破水」ということもあります。妊娠後期は子宮が膀胱《ぼうこう》を圧迫するので、ちょっとしたことでおしっこが漏《も》れます。急にまま温かい水が出てきたときは、下着の匂いを確認します。アンモニア臭があれば、おしっこです——。

ってなことが書いてある。1のおしるしはない人もいるわけだし、2の陣痛は人によって痛みが違うって書いてあるし、3の場合なんて、昨晩風呂に入るのサボったら、多少なりともパンツはおしっこの匂いがするんではないの?

たとえば、
1、おしるし。
おりものにスプーン大さじ一杯ぐらいから、大さじ三杯ぐらいの出血がみられます。

2、陣痛。
臍《へそ》のあたりがグリグリと痛みだします。一時間に一回のグリグリが、二回になり、三回になり、徐々《じょじょ》に回数が増えていきます。一時間に四回のグリグリが起こったら、それは陣痛のはじまりです。
3、破水。
なま温かい水が子宮から出てきます。色は緑色です——。

ってなもんだったらよかったのに。でも、結局、人それぞれで、「これが陣痛だ！」というようなはっきりしたサインはないらしい。初産婦のあたしが不安になっても仕方ないと思うよねぇ。

——先週のことだ。十五キロ太ったあたしは、医者から食事制限をいいわたされてる。それを知ってる家族は、あたしがこれ以上太らないように始終目を光らせている。でも、「食べてはいけない」といわれればいわれるほど腹は減るもんだ。その日も、夕飯のご飯をおかわりしようとしたら、ダーリン、ジジイ、ババアの目が光った。

「まだ食う気か？」とジジイ。

「やめておいたほうがいいんじゃないの？」とダーリン。

「赤ん坊は三キロぐらいだから、胎盤とか羊水が二キロだとして、あんたただただ十キロ肥満しただけだよ」とババア。

そこまでいわれて、おかわりするだけの度胸はあたしにはない。そのときは泣く泣くがまんした。

だけど、なーんか食いたりないじゃない。あたしは家の裏口からそっと抜け出し、閉店間際のスーパーに走った。こってりした重いものが食べたい気分だった。だって、母親に台所を任せたら、野菜の煮物、焼き魚、野菜のお浸《ひた》し……そういったメニューばっかりなんだもん。年寄り三人には(ダーリンはあたしより二十歳年上)それでいいかもしんないけど、若いあたしはたまったもんじゃない。

以前、本で読んだことがあるけど、「自分の力で捕れるものを食べる」というのが、人間本来の正しい食事なんだって。ほら、赤ん坊の頃はおっぱいしか飲めないし、ハイハイするようになれば、熟して落ちた果物や野菜、卵ぐらいなら拾って食える。もう少し大きくなれば、小鳥や魚を捕まえられるようになるし、少年期から青年期は、力を合わせて牛でも猪《いのしし》でも倒せる。そして、体力が落ちた老年期は、また幼児期に戻って、果物や野菜、貝や海藻を食べるべきなんだって。なるほどなぁ。

二十代後半のあたしは、どうなんだろ? 牛や猪を倒す体力があるかどうかは、そういう状況になってみなきゃわからない。しかし、自分でいうのもなんだけど、妊娠していることの腹さえ凹《へこ》めば、お尻もおっぱいもまだ重力に負けてはいない。このお色気で、まだまだ生きのいい男の一人や二人捕獲できそうじゃんか。ということはだよ、そいつらが捕まえてきた牛や猪を貰って食べることができるってことだ。ああ、やっぱ、肉。肉が食いたい。それもとびきり脂の乗った、高級和牛が食いたい。

そんなことを考えながら店内を徘徊《はいかい》していた。そしたら、あたしのちょうど目の高さに、あーるじゃあーりませんか。丸い皿に薄く五枚切って並べられたしゃぶしゃぶ用の肉。閉店前ということもあってか、千八百円が半額の九百円になっていた。あたしは迷わずその肉を買い、なに食わぬ顔で家に戻ると家族のみんなに宣言した。

「これから仕事するから、用があっても後にしてね」

そして、あたしはおもむろにコンロと鍋を持って自分の仕事部屋に籠《こも》った。そこであたしは〝独りしゃぶしゃぶ〟をしたのである。うーん、満足、満足。

それから、三時間後のことだ。いきなり腹が痛みはじめた。たぶん、それでなくてもぱんぱんな腹に、しゃぶしゃぶ肉は余分だったのかもしれない。痔を気にして便秘中で、こっちのほうは出そうもないし。ところてんみたいに、赤ん坊が押し出される形で出てくるのかも……。その痛みは三十分間隔になり、二十分間隔になり、ついには十分間隔になった。えっ、もしかして、これって噂《うわさ》に聞く陣痛かい？　あたしは慌てて寝ていたダーリンを起こしにいった。わーお、大変、大変！

出産したらすぐにはお風呂に入れないから、いま入っとかなきゃいけないし、それに、初産婦は陣痛がはじまってから赤ん坊が産まれるまで平均十時間かかるらしいから、体力をつけておくために、腹になにか詰めとかなきゃいけない。それに、それに、陣痛室で聴こうと思ってた〝嘉門達夫〟と〝友川かずき〟のCDを入院バッグに詰めたっけ？

あたしはヒイヒイ呻《うめ》きながら、ダーリンに肩を借り、とりあえず風呂場にいった。

「がんばれ！　痛みは呼吸で散らすんだ！　ヒッヒッフー、ヒッヒッフー」

脂汗を額に浮かべながら洋服を脱ぎだしたあたしに、ダーリンがかけ声をかける。あんまりでかいかけ声だったので、ジジイとババアも血相変えて風呂場に飛んできた。

「はじまったのか！」

「まあ、まあ、まあ！」

あたしは湯船に座ってシャワーを浴びた（辛くて立っていられなかった）。三人は浴槽の縁に手をかけ、あたしの腹を見つめながら大合唱しはじめた。

「ヒッヒッフー！　ヒッヒッフー！」

そのうち、かけ声に変なこぶしまでついてきた。

「ヒッヒッフー、それ！　ヒッヒッフー、あ、それ！」

なんか、三三七拍子みたい。そんなに応援してもらってもなぁ。

「……なにか……食べなくては……」

あたしは苦しい息の下でそういった。しばらくすると、ババアが風呂場に握り飯を持ってきた。無理矢理、呻いているあたしの口元に押しつける。あたしはシャワーの水でびしょびしょになったそれを、どうにか飲みこんだ。

着替えを済ませ、ジジイが家の前まで呼んできたタクシーに、ダーリンとやっとの思いで乗りこんだ。病院へつくと車椅子に乗せられ、あたしだけ陣痛室に連れていかれた。背中のほうからダーリンの声が聞こえた。

「がんばれ！　ヒッヒッフー！」

看護婦はあたしの腹に〝分娩《ぶんべん》監視装置〟という仰々《ぎょうぎょう》しい名の細い腹巻きみたいな機械をつけると、どこかにいってしまった。いやーん、いかないでぇん。あたしを独りにしないでぇん。思いっきり不安だ。腹の痛みはどんどん強まっていく。いまにも赤ん坊が産まれそうだ。あたしは尻の穴に力を入れて、それに耐えた。脂汗がだくだくと流れてくる。独りぼっちで痛みに耐えること二十分、再び看護婦がやってきて、あたしは内診台のある別な部屋へ連れていかれ、大股《おおまた》開きになって医者の検診を受けた。医者はあっさりといった。

「子宮口は開いてないし、どうも陣痛じゃないみたいですよ」

「うっそー」

「食中毒じゃないかな。なにか悪い食べ物にあたったんですね。夕飯はなにを食べました？」

がーん。どうもあたしは、あのしゃぶしゃぶ肉にあたったらしいのだった。舌にとろけるような味だと思ったら、腐りかけていたのか。そうだとわかると、あたしは急にトイレにいきたくなった。診療台から転がり落ちるように降り、看護婦を押しのけてトイレに向かった。そしたら、出た。赤ん坊ではない、ウンが大量に。あたしはビオフェルミンと吐き気止めを貰い、家に帰った。ダーリンは……帰りの車の中で、ずっと無言だった。怖い、ダーリン。そんな目で見ないで、なんかいってよん。

いやあ、それにしても大変な一日だった。赤ん坊が無事でよかったよ。全国の妊婦のみなさん、くれぐれも食中毒には気をつけてね。半額の肉には注意してね。めでたし、めでたし……じゃないっつーんだよ。それから家族のみんながあたしに冷たい。ねえ、そんなにあたし、みんなに悪いことした？　ねえ、ねえ、〝独りしゃぶしゃぶ〟ってそんなにいけないことなの？　誰か教えてくれ。

――そして、家庭内に白けた空気が流れること二週間、またまた腹が痛みだしたのだ。今度こそは……。

祝！　べイビー出産

二〇〇〇年六月二十三日、午後一時四十九分、無事に三二四七グラムの男の子を出産いたしました。

いやあ、大変だった。二十二日の早朝、突然、刺すような腹の痛みにあたしは目を覚ました。横になったまま、腹を抱えて壁掛け時計を睨《にら》む。わーお、痛みは五分間隔であたしを襲ってきていた。今度こそ、ほんものだ。ほんものの陣痛だ！　あたしは隣で寝ているダーリンを叩き起こし、陣痛がすでに五分間隔であることを告げた。ダーリンは慌ててベッドから飛び起きると、ダッシュであたしの母親を起こしにいった。大きな音を立て寝室のドアが開かれた。髪にカーラーを巻いた寝間着姿の母親が寝室に入ってきた。ダーリンと母親、ふたりして横たわるあたしの顔を心配そうに覗きこむ。

「ほんものの陣痛ですかね？」

ダーリンが母親に訊ねる。この間、食中毒を陣痛と間違えて病院に駆けこんでから、ダーリンは慎重になっているのだった。新聞も読まない（あたしもだけど）、本も読まない、テレビはワイドショーしか観ない、およそ誰かにものを訊ねられるなんてことのない母親だが、今回ばかりは家族で出産経験がある人間は母親しかいない。ダーリンは神妙な顔つきで、母親の言葉を待っている。母親は威張りくさった態度で首を捻った。母親の入れ歯をしていない皺くちゃの口の端が、微《かす》かに持ち上がっている。そう、母親は明らかに頼りにされることを楽しんでいた。いい気になっているのだった。あたしの額に手を当てたり、腹をさすったりしながら、母親は勿体《もったい》ぶった調子で訊いた。

「どんなふうに痛いんだい？」

チクチクって感じかな？　それともズンドコって感じ……。痛みを言葉で説明するのは難しい。しかし、あたしだって物書きの端くれだ。なにしろ同業者でライバルのダーリン（勝手にあたしがそう思いこんでいる）の目もある。痛みの波が引いてる短い間に、あたしは一生懸命言葉を探して答えた。

「猛吹雪の日本海の様子を津軽三味線《つがるじゃみせん》で奏でている感じ」

母親はきっぱりといった。

「なにそれ？　まあ、どっちにしろ今回も陣痛じゃないみたいだ。ちょっと、あんた、トイレにいってみなよ」

あたしは無理矢理《むりやり》ダーリンと母親に両腕を摑まれ（妊娠中十七キロも体重増えたせいで、股関節《こかんせつ》を亜脱臼《あだつきゅう》。松葉杖《まつばづえ》の生活だった）、トイレへ連れていかれた。それどころじゃないってーのに。ほーらね、パンツを下ろして便器に座ったと思ったら激しい痛みがまたやって来た。尋常じゃない痛みだ。あたしは前のめりに倒れた。ダーリンの名前を呻きながら、半ケツのままトイレの床を芋虫みたいに這いずりまわった。

「ねえ、入ってもいいの？」

非常事態だってのに、ダーリンがドアの前であたしに訊ねてる。陣痛はどんどん酷《ひど》く、重くなる。あたしはもう返事もできなかった。

「ねえ、ねえ、入っちゃってもいいの？」

かぁーっ！　いいから、早く入ってきて抱き起こせってんだよ。腰のひとつでも撫でてくれってんだよ。照れてる場合かい？　あんた、あたしの旦那でしょ。結婚する前も、結婚してからも、出血大サーヴィスでもっとすごい部分見せてんじゃんか。あたしは怒りのたけをそのまま唸りで表した。があー！　ぐおお！

すると、ダーリンはおずおずとトイレに入ってきた。ダーリンの後ろに腕組みした母親も立っていた。母親はひょい、っと顔だけダーリンの背中から出して、

「どうもほんものみたいだねぇ」

だから、そうだっていってんじゃんか。母親になんて、訊くだけ無駄だったのだ。なに

しろ、あたしを産んだのは三十年前だ。昨日食べた夕飯のおかずも覚えてないババアになにを訊く？　あたしは声を振り絞っていった。

「病院……産まれる……」

「わかった！」

ダーリンは外に走り出ると、すぐにタクシーに乗って戻ってきた。あたしはダーリンに抱えられるようにして、そのタクシーに乗りこんだ。しかし、「絶対、あたしもいく」とさっきまで頑張っていった母親がなかなか来ない。十五分、いや、二十分は待った。ようやく紫陽花《あじさい》柄のよそ行きのワンピースを着た母親がやって来た。入れ歯をはめた口には、ワンピースと同じ色の薄いピンクの口紅が塗ってある。なに考えてんだよ。クソババア、と怒鳴りたかったが、力むとベィビーが産まれそうなのでできなかった。残念だ。

病院につくとすぐに診察を受けた。「産道がまだ開いてません」と医者にいわれた。それでも、陣痛が五分間隔なので（陣痛が五分間隔になると、ほんとうなら産道が開きはじめてるらしい）、そのまま陣痛室ってところに通された。十五畳ぐらいの部屋をカーテンの間仕切りで六つぐらいの部屋に分けてあるところだ。そして、そこの簡易ベッドに寝かされた。両隣からも向かいからも、すさまじい女の悲鳴や唸り声が聞こえてくる。ひぇ〜、なんだよ、魔女裁判でもやってるのかい？　以前に一度だけいったことのある、ロンドン塔の拷問部屋が頭に浮かんだ。

そんな恐ろしいところで痛みに耐えること二十八時間、とうとう痛みは限界を超えてしまった。瞼を開けてるのに、真っ暗な闇《やみ》とチカチカ光る星が見える。呼吸も怪しくなってきた。我慢できなくなったあたしは、ついに自分が魔女だと認めた……じゃなくて、背中から麻酔を打ってもらうことにした。無痛分娩ってやつだ。しかし、この麻酔がまったく効きやしない。

「死ぬ！」

あたしは叫んだ。そのときだ、ようやくベィビーの頭が産道に降りてきたのは。それからは早かった。あれよあれよという間に、産道が全開になりベィビーの頭が見えはじめた。あたしはストレッチャーに乗せられた。さあ、いざ分娩台へ！

そこで信じられないことが起こった。その日は出産ラッシュで次から次へと赤ん坊が産まれて、分娩台がまだ空いてないっていうじゃないの。付き添ってくれた助産婦さんが申し訳なさそうに、「もうちょっと待って」とあたしに告げた。出物腫れ物所嫌わず。こんな状態で待ってるかってーの。あたしは鼻を膨らまして、そう叫んだ。すると助産婦さんはひらりとストレッチャーに飛び乗り、大股開いて跨《またが》った。

「じゃあ、あたしの肩に足をかけて！」

ええ！　なんですかい？　どうしろっていうんですかい？　一瞬、頭が真っ白になった。助産婦さんは無言のまま、あたしの亜脱臼しているほうの足をグアッシッと摑むと、自分の肩にのせた。

「さあ、息《いき》んで！」

「いや、それはいくらなんでも……」

カーテン一枚の向こうには、たくさんの観衆がいる。ラマーズ法で産むつもりの妊婦には、その旦那まで付き添っている。あたしは、一瞬、躊躇《ちゅうちょ》した。しかし、陣痛の波は容赦なく定期的にやって来る。あふっ、あふっ、もう、駄目じゃーい！　気づくとあたしは、でかい声を張り上げて息んでいた。三回ほど息んだだろうか。ベィビーの頭が股に挟まる手応《てごた》え（股応えってのか？）があった。そのとき、がらがらという音とともに、身体が動きだした。分娩台が空いたようだ。あたしはベィビーの頭を半分股から出した間抜けな格好で、運ばれていった。

その後のことはよく覚えていない。助産婦さんが何度も呼びにいってるのに、会陰《えいん》切開にさっさとやってこない医者の文句を助産婦さんと一緒にぶちぶちいっていたら（結局、医者はやってこなかった。助産婦さんが切ってくれた）、呆気《あっけ》なくベィビーは産まれてしまった。ベィビーが産まれた瞬間、ほろりと涙を流すような、もっと感動的な出産を思い描いていたのに。痛いのは厭だけど、産まれた瞬間の場面からもう一回やり直したい気分だ。

退院してから、そうダーリンにこぼした。ダーリンは腕に抱いたベィビーの顔に頬ずりしながら、いとも簡単にいった。

「もう一人産めばいいじゃん」

「……そうはいっても、ねえ」

あたしはベィビーを奪い取って、まじまじとその姿を見た。ううっ、かわいい……寝ていれば。そう、あたしのベィビーときたら、腹が減ってないのにおっぱいを欲しがる、昼寝をしない、抱っこしていないと大音声《だいおんじょう》で泣きわめく、大変手のかかるベィビーなのだった。そのため、あたしは慢性睡眠不足だ。約束を延ばしている小説も四本ある。このまずっと先送りにして来年までやらなかったら、ぶるる（身震いの音）、一人のちっぽけな新人作家のことなど誰も覚えていないだろう。妊娠、出産、育児に明け暮れるあたしを残し、世の中は目まぐるしく回っている。

いやいや、弱気になってはいかん。あたしを軸とした狭い世界だって――銀座のちんぴらホステスが小説デビューを果たし、続けざま三冊本を出版し、本を読んで会いたいといってくれた先輩作家と恋に落ち、電撃結婚し、その上宇宙一かわいいベィビーまで授かって――小説というアイテムを手に入れてから、ちゃんとうまい具合に回っていたじゃんか。三十年間生きてきて、実際、こんなに運がよかった三年間はいままでなかったよ。

室井は、今、気味が悪いほど幸せです。それはもう、怖いくらいです。この幸せがいつまでつづくのかと、日々、小鳥のように震えて暮らしています。

おっと、いかんいかん、この幸せを守ろうとしては。人間、守りに入ると弱いもの。室井、おまえはファイタータイプだ。追い風に乗って暴れまくるのだ。睡眠不足なんていってる場合か。まぶたにメンタム塗って、コーヒー豆でもかじって、それでも駄目ならシャブでも打って、物語もベィビーもじゃんじゃんばんばん作るのだ。このままババアになるまで突っ走り、幸せなまま真っ白な灰になれ！（火葬場でいちばん高いコースを頼むと、ほとんど骨は残らず、きれいな灰になるんだって）

よく考えたら、小説とはタッグを組んだばかりじゃん。これからよ、大笑いして作家の花道を驀進《ばくしん》するのは。

余談ですが、助産婦さんの肩に足をかけて息んだ瞬間、股関節はもとの位置に入りました。めでたし、めでたし。

あとがき

ありがとうございます。

この「あとがき」を読んでいらっしゃるということは、あたしの本をお買いあげくださったということですね？　なに？　立ち読み？　まあ、そういう少数派の方もいらっしゃるとは思いますが、ここは本を買っていただいた人に向けての室井の手紙とさせていただきます。

いやぁ、あなた、味方ですから白状しちゃいますけど、この本が出るまで大変だったんですから。胃はやられるわ、微熱は出るわ。だって、小説はともかく、あたしの日々の生活をつづったエッセイなんですもん。昨晩も、見ず知らずの銀縁眼鏡をかけたものすごくタイプな男の人に、

「きみ、自分のことがよくわかってないんじゃないの？　誰もきみに関心なんてないんだから」

と、虐《いじ》められる夢を見た気の弱いあたしであります。

それはともかく、読み手と書き手というのは、男と女みたいなもんだと思うのです。あたしの片思いだとしても、読者のみなさんとのほんわかとした愛をひたすら信じるのが、幸運への近道だということはわかっています。でも、変なところに癖が出てしまうみたいで……。

あたしは好きな男ができるとなぜか不安になって、絶えず相手の気持ちを確認してしまいます。あたしをどう思っているのかと、直接訊《き》かずにはいられないんです。ええ、だからなんですよ、連載誌に自分で作ったドリームジャンボクイズなんてものを発表し、読者のみなさんから回答者を募ってみたのは。果たして、あたしなんぞの書いているものを読んでくださっている人が、ほんとにいるのかと心配になったのです。しかし、そんな馬鹿なあたしにつき合ってくださった方もいらっしゃったのです。もちろん、あたしはご応募いただいた全員の方に、感謝の気持ちをこめて饅頭《まんじゅう》の詰め合わせを贈ったのでした。

そうそう、それから、あたしはやみくもに彼の好みの女はこういうタイプだと信じこみ、そのタイプになりきろうとするのです。だから、知性を磨かなくてはいけないと、大学に入ろうと思ったこともありました（受け入れてくれるという大学は結局ありませんでした）。タレント性を磨くために、いきなり女優にならないかとあたしにいってきた月影さんの話に心を揺り動かされたりもしました（映画の話は流れました）。作詞家のほうが向いているんじゃないかと依頼もされていない歌の歌詞を作ってみたりもしました。

こうやって改めて読み直してみると、あたしはかなり恥ずかしい人間のように思います。あたしを愛して！　愛して！　愛してくれぇ！　とそればかりを連呼しているみたいじゃないですか。自分にそういう悪い癖があることは、何人もの男に「押しつけがましい」と叱《しか》られて、知ってはいたはずなのですが……。

けれど、わかってほしいのです。あたしはあなたに愛されたかったのです。みんなあなたに愛されたいがゆえなのです。ほんとです。本気です。愛しています。

チュッ。

二〇〇〇年十二月

室井　佑月

文庫版あとがき

こんにちは！　元気ィ？　あたしゃ、元気に生きてるよ。

このエッセイを書いていたのは一九九七年、作家デビューしてもう六年も経っちったんだ。早いのう。

文庫化ってことで、読み直してみた。なんて捨て身な女なのだと思った。

（健気なやつめ）

思わずこみ上げるものがあった。あたしは泣いていた——。

連載中は締め切りに終われ、ただただおもしろいものを書こうと必死だった。本のコンセプトなど考えたこともなかった。でも、今ならわかる。こりゃ、感動ドキュメンタリーだったんだね。本を読んで泣いたのは、久しぶりだ。大宅賞にどうしてノミネートされなかったのだろう。

いやあ、自分でいうのもなんですが、あたしったらなんて可愛い女なの。あたしが男だったら、こういう女、ほっとかないね。けれどそう思うのは、この世であたしだけみたいなのである。自然破壊は進んでいる、戦争は簡単に起こってしまう、やばいんじゃない、今の世の中。日本は借金だらけらしいし。

不況はつづきそうだから、こういったときはせこく小金を稼ぐにかぎる。ブレイクなんてしちゃったら大変よ。あとは叩《たた》かれて、地に落ちるだけだもの。

そう、今あたしが小さい仕事をせっせと量こなしているのは作戦なのよ。直木賞なんてとったら、ミリオンセラーなんてだしたら、困っちゃう。

まあ、どうでもいいってことね。よく考えたらあたし、お金のために仕事をしているんじゃなかった。ものを生みだすことが生き甲斐だからさ。世の中の人々に感動を与えることが、あたしの使命だと思っているし。

じつはさ、ここだけの話、ある宇宙人と交信をつづけてるんだ。地球人よりもっと高度な文明を持った宇宙人。その宇宙人がいうにはね、

「来る日を待て」

だって。その日が来るまであたしは地球で、人間について勉強しなきゃならないのよ。あ、これって自分が人間じゃないってバラしちゃったことになるのかしら。あたしはここから二万光年離れた、惑星X出身なんだけどね。一応、その星の王族ってやつ。具体的にいうと、ここんとこ宇宙全体をぎゅうじっている王の娘。あたしの息子ということになっている男は交信用のメカがつまった一級品アンドロイドなの。ここだけの話、内緒にして

おいてほしいんだけど。

そんでね、王である父が、地球を植民地にするかどうかを思案してるの。父がいうには、地球人がもっと賢くならないと植民地計画は失敗だって。つまりさ、合併に見せかけて乗っ取ろうとしてんのよ。

そんときには、みんなにもちゃんとした身分を明かせると思う。スチュワートという生まれたときから結婚を決められていた男がいるんだけど、彼との結婚式は派手派手しく新宿都庁でやるみたいだから。地球を乗っ取った我が王族のお披露目ってことをかねてね。

それにしても、切ないわ。王族なんかに生まれなきゃよかった。スチュワートのことは、嫌いじゃないのよ。身長は180センチ、体重60キロ、顔は地球人なら誰に似ているかしら？　そうね、若い頃《ころ》の美輪明宏に似てるかも。頭もいいしさ。そんなパーフェクトな彼のこと嫌いになれるわけないじゃない。けど、父親に決められていたというのがイヤなのよ。彼はあたし以外の女は、女として認めないとまでいってくれているけど。『来る日』を待って、結婚したら不安もなくなるかしら。

『来る日』に備えていた勉強メニューも消化してしまったしね。恋愛してみたでしょ、結婚してみたでしょ、離婚してみたでしょ、その際、弁護士というものを使って喧嘩《けんか》もしてみたでしょ。人間について学べといわれたあたしは、真面目だから、ふつうの女の人生のシナリオを完璧《かんぺき》にこなしてみたの。あとあたしがすることは、地球の文明を発展させることとだけかしら。

笑っちゃうわ。みんな進歩・発展について誤解してるみたいね。科学の力が進んで飽和状態になると、こんどは心の世界になるの。心の豊かな人が、いちばん偉いとされるのよ。成功者として崇められるの――。

あれ？　なんか新興宗教のようになっちまった。すまん、すまん。宇宙について熱弁ふるってどうする？　さっき平川陽一の本、また読んじゃってさ。今、自慢することないんだもん。お察しの通り、ただ、意地を張りたかっただけじゃ。見栄を張りたかっただけなんじゃ。

だって、あたしゃ呪《のろ》われたように男運のない女。知ってる人もいるかもしれんけど、この本に書いてある準主役のダーリンにまんまと裏切られ、今に至る。ライブでエッセイ書いていたあたしに、教えてあげたいよ。あの男は駄目だって。あんたは裏切られているんだって。

あの男には、結婚前からおつき合いをつづける女がいやがった。なのに、どーしてあたしと結婚したのかね。さらに、どーしてあたしは、それについて気づかなかったのかね。泣ける。いや、そんなの通り越してもう笑える。

アメックスのプラチナ家族カード渡されて喜んでいる場合じゃないっつーんだよ。よく考えりゃ、そんなの当たり前じゃん。稼いだ金みんな貢いでいたんだからさ。

それにしても、自分の人生をつづったこの本を読み、ひとつだけ大発見があった。あたしって、もしかして馬鹿？

冗談でそういわれたことはあるけど、はっきりと教えられたことはない。もしかしてあたしは馬鹿なのですか？

これについては深く考えるべきだろう。いや、考えなきゃならんだろう。生きていく上でとても重要なことだもんな。いちおう子供の親だし。誰《だれ》か教えてくれ。あたしは馬鹿なのか、馬鹿でないのか。馬鹿だとすれば、どの程度の馬鹿なのか。

そういや最近ある占い師に、二歳児にしてすでに保育園の問題児になりつつある息子のことを相談したら、

「この子はあなたと違って頭がいい」

というようなことをいわれた。それって、あたしが馬鹿だといわれたのかもしれん。息子の頭がものすごくいいって誉められたと解釈していたけれど。

まあ、生きていくのに不都合なほど馬鹿なわけではなさそうじゃ。聞いてくれ、離婚のとき借金しちゃってさ。弁護士雇わなきゃなんないわ、引っ越ししなけりゃなんないわ。けれど、あたしは頑張った。生活を立て直すために、悲しさを忘れるために。仕事して、仕事して、仕事して。気づいたら、あの男の年収の約倍ほども稼いでおった。ガッハッハ。

……女友達はそんなあたしを、ゴキブリみたいにしぶとい女といいます。いいから死ん

でくれ、と確実に願っている人の顔も二人だけ浮かびます。

でも、もう少しだけ頑張らせてぇん。あたしが思う、あたしになるまでは。ぜんぜん先が見えず、とてつもなーく遠そうな道のりだけど。体力だけは自信あるから。猛ダッシュで駆けつづけるから。

最後までつき合ってくれたあなた、ありがとう。ごめんね、こんなあたしで。

余談ですが、女流作家出産ラッシュ時に生まれた我が息子、某文壇バーで密かに賭けられている『どの子がグレるか杯』、ダントツでいちばん人気を誇っております。

そうそう、こんなあたしにお手紙をくださった貴重なあなた、ありがとう。ずいぶん励まされました。そろそろ落ち着いてきたので、返事書きはじめます。待っててねん。

室井　佑月

二〇〇三年四月

この作品は二〇〇〇年十二月、集英社より刊行されました。
ＪＡＳＲＡＣ　出０３０４８７０－３０１

集英社文庫

作家《さっか》の花道《はなみち》

2003年5月25日　第1刷

定価はカバーに表示してあります。

著　者　室《むろ》　井《い》　佑《ゆ》　月《づき》

発行者　谷　山　尚　義

発行所　株式会社　集　英　社

東京都千代田区一ツ橋2—5—10
〒101-8050

電話　03（3230）6095（編集）
03（3230）6393（販売）
03（3230）6080（制作）

印　刷　大日本印刷株式会社

製　本　ナショナル製本協同組合

ISBN4-08-747579-4 C0195